雲飄乾坤

天唐诗词文集

图书在版编目（CIP）数据

雪赢乾坤：天唐诗词文集 / 天唐著.--银川：宁夏人民出版社，2017.6
ISBN 978-7-227-06678-1

Ⅰ. ①雪… Ⅱ. ①天… Ⅲ. ①诗词-作品集-中国-当代②散文集-中国-当代 Ⅳ. ①I217.2

中国版本图书馆CIP数据核字（2017）第138060号

雪赢乾坤——天唐诗词文集　　天　唐　著

责任编辑　陈　晶
封面设计　石　磊
责任印制　肖　艳

黄河出版传媒集团
宁夏人民出版社　出版发行

出 版 人　王杨宝
地　　址　宁夏银川市北京东路139号出版大厦（750001）
网　　址　http://www.nxpph.com　　http://www.yrpubm.com
网上书店　http://shop126547358.taobao.com　　http://www.hh-book.com
电子信箱　nxrmcbs@126.com　　renminshe@yrpubm.com
邮购电话　0951-5019391　5052104
经　　销　全国新华书店
印刷装订　宁夏精捷彩色印务有限公司
印刷委托书号　（宁）0005481

开本　889mm × 1194mm　1/32
印张　9.5　　字数　200千字
版次　2017年8月第1版
印次　2017年8月第1次印刷
书号　ISBN 978-7-227-06678-1

定价　36.00元

彭阳皇甫谧广场

固原东岳山

原州湿地

山里人家

偏城秋韵

追忆的颜色

盼 望

西吉震湖

序

遥知不是雪　为有暗香来

天唐的诗词集即将印行，让我说几句话，作为同好，我很高兴，这高兴之中还有许多的欣慰，因为在文化厚重的固原，有很多人都在坚持写作，这不仅仅是一种人生的追求，更是对自己精神家园的一种坚守。天唐进行诗词创作，是对传统文化的继承和弘扬，尤其难能可贵。在今天，在固原，在宁夏，对古体诗词创作认同的人越来越多，已经成为繁荣、振兴传统文化的一股锐不可当的潮流，形成了很好的氛围，值得庆幸。

天唐自中学时代起就爱好文学，尝试写作，受到同样钟情于文学的语文老师的支持和指点，这一点对他很重要，可以说奠定了他之后的文学之旅。天唐生长于西海固地区，熟悉那里的一山一水、一草一木，这是他创作的源泉，他从中汲取丰富的营养，并饱含深情地为之歌唱：“悬崖百丈凭栏处，云梦诗新见赤霞”（《游西吉火石寨国家地质公园》）；“只因侧柳常相伴，联袂成行别样亲”（《柳树赞》）；“晨光踩田埂，鸟语早传开。体味清凉日，菽香阵阵来”（《晨步田埂》）等。这里有山崖、有树木、有田野，信手拈来，皆入诗中，因为诗人十分熟悉且珍爱周围的一切，他生活的根与他所创作的诗的“根”是紧密地连在一起的，这是生活的情趣，也是生活的真实。如果诗人的内心世界是空虚的，他创作出来的作品一定是虚妄的，因为离开了挚爱的土地，再优秀的诗人也是很难写出一往情深的作品，这也是天唐诗词作品成功的真谛。天唐是个警察，干祛除邪恶、匡扶正义、保一方平安的事情，似乎与“诗人”这一具有浪漫色彩的名词搭不上界，但恰恰他在职业上是“坚硬”的，而在生活上是“温情”的，可谓侠骨柔肠。他的许多诗作反映了警察的职业特点，也道出了警察工作的艰辛，他所弘扬的是正义的威严、彰显的是道德的力量。“铁血警营，从来是、英雄天地。争日月、荡平迷雾，尽彰威力。杨柳千条谁妩媚，青松万载因曾识。献春秋、辛苦夜归人，民安系”（《满江红·铁血警营》）。杨柳妩媚，春秋易逝，民之安危谁系，唯有辛苦夜归的人堪当英雄。寥寥数笔，人民警察的伟岸形象便跃然纸上。“故事纵流传，自我扬鞭，从来狭路勇当先。踏雪归来不念苦，使命担肩”（《浪淘沙·警营岁月》）。锄恶惩凶，扫除愚顽，豪气云天，十分自信，只有一身正气，才能压倒邪恶，这就是作者二十几年的自画像，我们从中感受到的更是一种正能量。“今夜更无眠，却把心悬，为何急迫语连连？明辨险夷声切切”（《浪淘沙·致“110”并接处（辅）警》）。使命在身，生死攸关，语言急切，气氛紧张，“110”及处警民（辅）警每天都在这样的工作环境中度过，有几人能懂得他们内心的焦虑，但他们为了守护安宁付出了青春，甚至生命，这是何等的人生境界！读天唐此类题材的诗词总让人有一种身临其境的急迫与紧张。如果没有真实的感受，是写不出这样的诗词的，生活的经历是多么重要，还需要有灵感之笔，闭门造车是造不出诗词的。天唐的诗词内容广泛，涉及职业、亲情、家乡、友谊、风光等等，但我觉得他似乎更钟爱于雪，他的诗词集中或多或少、时隐时现地始终有“雪”纷纷扬扬、飘飘洒洒于其中，一如他的书名《雪赢乾坤》。雪是纯净、高洁的象征，更有人生境界高远、清美的寓意，向来为诗人们所钟爱。

“千里黄云白日曛，北风吹雁雪纷纷。莫愁前路无知己，天下谁人不识君？”（高适《别董大》）；“墙角数枝梅，凌寒独自开。遥知不是雪，为有暗香来”（王安石《梅花》）；“大雪压青松，青松挺且直。要知松高洁，待到雪化时”（陈毅《青松》）即是明证。天唐继承前辈诗人的情怀，又有自己独到的思考和向往。《清平乐·六盘五月雪》：“风云浩瀚，朔雪弥天险。多少英雄魂魄散，只是昙花一现。”六盘天险古今雪，多少英雄竞折腰。山犹在，而无数风云人物如昙花一现的夏雪已然化去，归隐历史深处，令人唏嘘但又不得不叹服自然的力量。《于晨雪中独游固原西湖公园》：“雪花悄悄落声轻，风冷飕飕我独行。幽静西湖埋旧迹，来回不见鸟啼鸣。”晨雪无声，万籁俱静，独行风中，竟然听不到一声鸟鸣，新雪铺陈，旧痕不再，静谧中透着一种自然的美和对自然之美的向往，诗人并不孤寂，他有雪的陪伴，洁净、素丽就在他的身边，在他追求的浪漫生活之中，这不正是他要的东西吗？漫天皆白，雪赢乾坤！

天唐诗词作品当然也不例外地存在着一些不足和共性的缺点，大的方面诸如题材还不够广泛，视野还不够开阔，意境还不够深远等等，具体说，语言上更要简练、用词上更要准确、内容上更要出新。“诗贵含蓄而恶浅露”，在诗词创作中要防止语句直白、粗糙，使自己的情感通过对事物的观察、描写、抒发、感受而“诗化”，由“感性”的东西上升为“理性”的东西，同时注意突出民族化、地域化、特色化，不囿于旧的窠臼，尊重格律，但内容一定要与时俱进，这样诗词才会获得永久的生命力。天唐对诗词的钟爱都流溢在他的作品当中。他也知道诗词创作的境界是高远的，是永无止境的，无论形式还是内容，都需要不断去探索，也只有通过不懈努力和付出，才能丰厚自己的生活积淀，丰富自己的内心世界，才能创作出更多的无愧于这个时代的优秀作品来。愿天唐在诗词事业上更上一层楼，迈向更高的层次。

张　嵩

2015年1月10日

出版前不得不说的心里话

2008年1月23日，从城市到乡村，到处是银装素裹。

那天，我经历了人生前所未有的洗礼。大片大片的雪花纷纷飘落的样子，让人感到纯粹和温暖。雪，稳稳当当悄然而来，把最温情的一面带到人间，没有寒风裹挟的刺骨，没有鸟语花香的热闹，更没有杂事萦绕的烦恼，一切仿佛在雪的世界中销声匿迹了。雪，在扬扬洒洒、沉默寂静中，注定以最纯洁的姿态浸润浮躁的大地，最终以一滴水的温柔、一股细流的缠绵、一条大河的澎湃而存在。

站在红沟赵千户林场的隘口高处，静静倾听雪的声音，我才意识到，这世界的美丽原本隐藏在无声无息之中。幽幽群山静卧于天之下，莽莽松林傲立于地之上，人在其中感悟雪赢乾坤的奥妙，即便是偶尔几声鸟鸣从林子里传来，也丝毫不妨碍驻足在崖畔上的宁静。此时此刻，唯有山上的松树愈加显示出挺拔和伟岸，刹那间，我明白了顶天立地的意义。

而后的岁月里，雪赢乾坤的场景打开了我的眼界和心扉，以至于让我很钟情于用它作为我诗集的名字，尽管有人建议我再琢磨一下书名，但我几经三番总是舍不得，于是索性就叫雪赢乾坤吧，因为“遥看万里乾坤白，惟有苍松雪里生”的情景，使我明白了雪是诗的外衣，诗是雪的灵魂。

回顾过去诗词点缀的人生轨迹，屈指算来真正倾心于把浓烈情感用精炼语言表达的传统方式，似乎最能与我相吻合，这种结合的情形基本上可以追溯到1992年了。之前的一切努力其实是为营造氛围而走过了一个翻耕施肥的艰难过程。即便如此，能够拿得出来的东西包括发表了的作品，我毫不留情地进行了修剪和整理。这项工作耗费了我大量精力，有时因一字之美令我欣喜若狂，有时因一字之差令我痛苦不堪。

几年前，准备出集子的想法开始在脑海中萦绕的时候，我职业生涯中的事情成倍增加，以至于让我没有完整的时间认真清除其中的瑕疵和“疙瘩”。这件事，一晃又几年过去了，再不做努力恐怕就难以付梓刊印了，正好今年是对我有特殊意义的一年，我的感情历程、我的写作过程都应该有个交代——对自己进行阶段性总结，以便于在开启新的征程之前能够停下脚步回眸以往，否则，在自我陶醉中写来写去，像个散落的洋芋种子进入不了土壤，便不能有新生。

从某种意义上来看，一个人就是一本书，甚至是几本书。我没有那么复杂，如果用时间来计算，平仄人生的脚步已走过了近30年，像在干涸的黄土塬上种植杏树一样，从最初的挖坑、填土、浇水到成苗、成树、成林，以至于后来遍山青脆、满眼芬芳，历经心酸，几多清苦。执着于守望中的青涩，也是人生一大快事。因此，写好一本书就是走好一段路。那些长长短短的语言、平平仄仄的句子，伴我走过春夏秋冬、风雨寒霜。它来源于我的心声，又回归于我的精神。

纵观即将要出版的集子，我还需要赘述一下其中的一些事情。从结构上来讲，我没有按以往别人喜闻乐见的方式布局，而是用阳历四季分明的形式分篇，尤其从气象意义上划分，西北地区春（3月—5月）、夏（6月—8月）、秋（9月—11月）、冬（12月—来年2月）与南方地区有明显不同，故而依此谋篇布局，更有利于我对季节变化的感知，并在开头各有一篇短文，以便于让读者朋友们了解其中的重点内容。从时间上来说，每篇都是按时间的先后顺序进行编排。这样做的好处有三：一是表明我在哪个季节容易写出东西来；二是证明哪些事情最使我乐于表达；三是再现我写作的变化过程——有心仪的东西，也有不尽如人意的地方。从内容上来说，总共选取140多首诗词，集中再现了我情感世界里有对家乡风土人情的觉知觉察、对亲朋好友的真诚互鉴、对职业经历的抒情描绘，同时也在作品中折射出一定地域性、民族性、个性化的特点。在表达的方式上，除了诗词，还写了散文和随笔，这部分内容原本不打算在诗词集里让她出现，最近才考虑一并收录其中，有许多方面的考量。我用诗词格律表达并不排斥用其他方式抒情。近些年来着手写一些散记或随笔，这逐渐成为我表情达意的的第二种方式，可能是对生命体验的觉知，换种方式，宜诗宜文，相得益彰。对丰富多彩的现实生活感知、感悟、感想需要表达的方式多种多样，而不能拘泥于一种。因此，把散文和随笔置于本集子的第五部分，以示对蓝天白云下的黄土地的深情厚谊。

作为一个文学爱好者，我是有自知之明的。战战兢兢地把凝结了我心血和汗水的作品拿出来与读者朋友们见面，还需要行家里手、专家学者的斧正；还需要亲朋好友、同学同行的包容。我没有奢望过它能给我带来耀眼的光环。

一个人若想成为别人眼中的一道风景，他的心中就要有风景。当我深情凝望脚下这片生我养我的西海固土地时，我曾怀疑它是“人类生存的高地”“干事创业的热土”，然而，风风雨雨几十年过去后，我才明白：精神的高地本身就是我潜心写作的热土。离开它，可能一事无成；亲近它，定能激情飞扬。事实证明，我所有的写作都是在这片深爱的热土上完成的。因为爱，足迹遍及这里的沟沟坎坎、墚墚峁峁；因为爱，乡愁依恋于这里的山山水水、草草木木。蓝天白云下，风雪激荡中，麦浪滚滚来，落叶纷纷去。脚踩西海固大地，叫你不得不激情涌动，笔墨饱蘸诗情画意。

一个人可以因物丰而富，但绝不可以因财寡而贫，迈上精神的高地贫富也只是一个概念而已。当我曾经得到两元钱的稿费时，实在不好意思到邮局去领取，但我感到莫大的欣慰，我开始觉得精神的满足远胜于两元钱的价值。正因为如此，我坚守着属于我的高地，并不因曾经用九个月的时间完成一首一百来字的满江红而觉得累。用近30年的时间用心浇灌诗的花园，只因为人要有适合于自己的精神追求。

2017年1月9日

于宁夏固原

目 录

第一篇 绿草爬满了山坡

第二篇　热浪徘徊在心灵的上空

第三篇 细雨浸润过的落叶

第四篇　雪花飞扬的时候

第五篇　蓝天白云下的黄土地

第一篇

绿草爬满了山坡

当沉睡的小草在春风吹拂中开始破土发芽的时候，一个叫西海固的地方从梦中醒来了。她穿着不算时尚却焕然一新的衣裳，面带憨厚、真诚的笑容，向我们走来了。

也许，因为曾经的贫瘠和偏僻，她行进的步履显得有几分蹒跚，但是凭着骨子里亘古延续的坚强和自信，把一个消沉、荒芜的过去变成了充满生机和活力的现在。

西海固的春天，不像南国那样俏丽和华贵，春天的头顶上时常有飘落的雪花，被倾倒的人往往有别样的思绪萦绕着。正因为如此，西海固的精神世界里堆满了诗情画意。

故而，春天的诗句便是其中的一滴雨星、一棵小草、一片雪花、一股溪流、一声鸟鸣，甚至是一阵刺骨的寒风、一声无奈的长叹，更是一段阳光穿越的生命历程。

回　家

南华山有月，
河水泛新光。
风向家园近，
归来父母忙。

〔2004年3月〕

清平乐·六盘五月雪

风云浩瀚，
朔雪弥天险。
多少英雄魂魄散，
只是昙花一现。

地生五月春风，
江河万木峥嵘。
遥望乾坤雪雨，
难消百媚千红。

〔2004年5月〕

游西吉火石寨国家地质公园

悬崖百丈凭栏处，
云梦诗新见赤霞。
黑洞窑前且驻足，
松涛声啸鸟飞涯。
群山昂首饮甘露，
潭里香烟随日斜。
幽谷回音千百度，
荫林探径怕麻蛇。

〔2004年5月5日〕

西江月·题西宁国际村

初夏晚风轻莅，
早来灯火徜徉。
曲波幽径浅鱼塘，
桥下流光清爽。

问路柳旁听鸟，
丛林花落幽香。
遍寻哪里不心慌①，
国际村头再浪②。

〔2005年5月3日〕

注释

①不心慌：西北方言，意思是不着急。
②浪：西北方言，闲逛、溜达之意。

好事近·安居

流水落波轻，
五彩蝶儿谁秀。
垂柳匿身啼鸟，
户外骄阳候。

信园悄悄有新人，
原来是领袖。
楼上人家无忧，
告亲朋好友。

〔2005年5月3日〕

浪淘沙·泾源行

喜雨醉风欢，
林海流连。
翠香越近小南川，
轻雨漫延长谷峡。
姹紫红嫣。

春意更谁边，
千古江山。
相逢一笑几多年，
流水无情花落去。
岁月如烟。

〔2005年5月10日〕

泾源县之凉殿峡及小南川

高峰苍莽六千年，
陡峭斜垂小南川。
凉殿饮风敷古峡，
黄昏银白缀胜天。

〔2005年5月10日〕

登安徽黄山

雾海育葱茏，
惊魂在石松。
曾经弥迹处，
绝顶仰天峰。

〔2005年5月23日〕

蝶恋花·诗言志

若问平生何所惧，
浑噩无知、
后悔难倾诉。
莫道前方风雨路，
不容轻易回头顾。

常遇春风何以许，
大好时光、
怎敢人虚度。
自觉生来无禀赋，
更要勤苦吟诗句。

〔2006年3月5日〕

西江月·“三八”序曲

已是春风满地，
烟云三月霏霏。
冥冥莺语竞昕薇，
天半亦能心醉。

岁月纵然羞处，
身边薄雾云飞。
谁言日月比光辉，
心里不知风味。

〔2006年3月8日〕

好事近·新生命

三月遍山新，
何事雪花轻放？
空使惊风平地，
可知谁欣赏。

倒垂千束柳轻丝，
稚声入春帐，
天使忙言春喜，
我心犹天上。

〔2006年3月11日〕

浪淘沙·风雪乱三月

岁月已枯萎，
草木伤悲，
东方泛白不开眉。
劲雪胡来三月乱，
春也濒危。

那个北风吹，
没有涟漪，
为何是满目疮痍！
秀色哪堪这样苦，
今却无词。

〔2006年3月14日〕

好事近·与百军聊天

灯绿戏红风，
夜半有歌轻奏。
君可知何人伴，
且忘无聊否？

说与往事剩空杯，
同心处能酒。
难得闲来倾诉，
与潇春朋友。

〔2006年3月18日〕

菩萨蛮·答诸君[①]

昊天残迹霞光寞，
约来春色朝东阁。
香釜着窗棂，
酒杯交错怀。

清风无许诺，
岁月堪苍老？
请上一层楼，
纵观天际红。

〔2006年3月25日〕

注释

①诸君，指童德平、王康力、李希善、单永珍四位朋友。

如梦令·归途见闻于火车上

细雨全然抛尽，
何故独身怜悯？
远去咣当声，
一颗碎心牵引。
谁允，
谁允，
真个恓惶难忍。

〔2006年5月3日〕

卜算子·固原秦长城

高处望山川，
秀色知多少。
垂地红云送夕阳，
沉色爬楼杳。

叩问此长城，
无语更缥缈。
誓做长龙挺脊梁，
暮霭正缭绕。

〔2006年5月〕

清平乐·题西宁东关清真大寺

香飘谷地，
清爽因湟水。
盛夏郁金花旖旎，
望月楼前沉思。

百年古寺沧桑，
五功[1] 经历寒霜。
风雨同舟共济，
眼前盛世辉煌。

〔2006年5月3日〕

注释

①五功：指穆斯林依《古兰经》规定必须履行的“念、礼、斋、课、朝”五功。

破阵乐·与青年僧人对话于西宁藏传佛教圣地塔尔寺

三十七年无有，
少而吃素何求？
静处养心心向佛，
欲达功名志未酬。
更待日夜修。

圣地高堂金阁，
经幡风拽红绸。
笑与客家常说事，
佛院新人学导游。
清香何以求！

〔2006年5月5日〕

减字木兰花·春色满院

春怡何有？
处士约春风雨后。
又识春天，
百啭因春分外娴。

早春笃雪，
素日银装春恨别。
客倚春旁，
满院春头雪溢香。

〔2007年3月10日〕

蝶恋花·女儿周岁

雪乱原州春色袅，
喜鹊衔春，
燕子随春闹。
眉上春梢谁报晓，
天涯何处春湮少。

去岁新晨春甚早，
阅尽春风，
还愿阳春好。
若见稚音春首笑，
平生逸乐春安老！

〔2007年3月11日〕

菩萨蛮·纪念任俊璧①同志

适逢百鸟鸣春意，
那人别了千头事。
雪色打春头，
无言春更愁。

几家多痛惜，
悲悯乡村起。
清苦练忠心，
归根君最轻。

〔2007年3月12日〕

注释

①任俊璧：宁夏固原市公安局原州区分局文化街派出所副所长，因工作劳累突发脑出血，经抢救无效，于2007年3月6日凌晨25分以身殉职。

踏莎行·固原古雁岭游记

清秀西林，
短亭无宴，
岭丛不见桃花面。
春风安解此时情？
伤心无景谁相见。

百鸟啼鸣，
声声婉转，
芳香静逐羞花扇。
青苔梦里惜娉婷，
哪堪独立虹桥倦。

〔2007年4月10日〕

清平乐·月亮山[1]

清风轻落，
热浪充沟壑。
鸣翠蝶嬉坡地阔，
抬眼空云寥廓。

白城山色常荣，
无言险象环生。
高处从来寒彻，
谁宜天下人峰？

〔2008年5月4日〕

注释

①月亮山：也称白城山，介于宁夏西吉和海原之间的一座山。这里因格律需要而用白城山。

清平乐·话别

疑云沉壁，
寂寞风凄厉。
庭院幽闲春怎憩？
独秀一枝天地。

笑谈风雨人生，
何人堪比君诚！
花落纷纷时候，
青松傲立苍穹。

〔2008年5月7日〕

满江红·国殇

锦绣河山，
遍地是，
流金岁月。
顷刻去，
狼烟残破，
哪堪翻阅。
天祸杨波岩洞碎，
地摇生动家园灭。
俱哀思，
拭目又低眉，
声嘶竭。

汶川落，
生灵没；
全世界，
心犹裂。

献无私大爱，

救吾袍血。

壮士挥麾驱国难，

众生联袂重新越。

罄国力，

抒写决胜篇，

高歌阙。

〔2008年5月24日〕

乡下孤独的老人

百亩良田杂草乱，
每年不见作耕人。
听闻南下打工苦，
期盼归来再结亲。
旧屋尚能独自守，
新居从未梦成真。
如今老迈夕阳下，
不做吾儿拖累人。

〔2009年3月25日〕

清平乐·西吉永清湖

流波欣慰，
晨幕莺啼碎。
倚柳晓风宜早会，
草上芍花可贵。

清醇遗落丛萍，
他年堪有槐馨？
长岸蛙声迭起，
湖光映照红亭。

〔2009年5月28日〕

清平乐·沙尘暴

光阴似箭，
难遇春风面。
倒是雪飞多少遍，
沙暴又来旋转。

自然尚未清明，
人间哪有春行。
总说山花烂漫，
为何鬼魅纵横！

〔2011年4月9日〕

固原清水河边

春风催染河边柳，
不见黄昏婀娜枝。
清水怨春春乱语，
云愁雨后有人知。

〔2011年4月20日〕

西江月·“严打”

又是回家无望，
昼潜夜守巡查。
无功难返在途中，
辛苦不求回报。

莫道别来无恙，
常迎野外风沙。
每逢“专项”必亲躬，
冲发如今衰倒。

〔2014年3月26日〕

羊年贺词

天长细雨芳，
地久野风香。
人道春来早，
和颜二月光。

〔2015年3月〕

清平乐·固原古雁塔

望春致远，
谁比晨春婉。
雁岭迎春春绻缱，
春上塔楼早晚。

远山相遇春风，
古城春色嗡嗡。
问客春光几许？
阳春高处无穷。

〔2015年3月3日〕

西江月·纪念杨锐[1]同志

动地感天哪有？
星光千里相邀。
初来歌放春潮，
忘却癌魔挡道。

曲谱豪情万丈，
诗言独领风骚。
身临感溅泪潇潇，
雪雨为谁倾倒？

〔2015年3月25日〕

注释

①杨锐：吉林省吉林市公安局交警支队宣传处副处长，吉林市语言艺术研究会主席。从警三十余年，酷爱学习，知识渊博，诗、词、曲皆有建树，尤以朗诵使听闻者“感溅泪潇潇”，身患绝症依然勇上央视《星光大道》，首创该栏目三个“第一”，声震东北，闪亮全国警营。著有朗诵诗集《我心藏在门后》和40万字剧本《戚大将军》。2015年2月4日病逝。

清平乐·彭阳茹河瀑布之鳄鱼岛①

茹河瀑布，
溅湿桃花路。
云集岸边听浪趣，
流向何方倾诉。

鳄鱼逆水前行，
难言断壁狰狞。
若做旧桥过客，
当思烟雨盛情。

〔2015年4月4日〕

注释

①鳄鱼岛：茹河中间有一酷似鳄鱼状的岩层台，向北逆水而行，故笔者称其为鳄鱼岛。

西江月·蛟龙出山

沟里杏花静放，
坡中榆树倾听。
春风独步五原灵，
何物衍生绝景。

恰似蛇身惊觉，
更如龙角伶仃。
平生可遇愿常青，
道法自然儆省。

〔2015年4月20日〕

忆江南·春殇

多少事，
万里碧空愁，
不忍迎春花落泪。
西山草木锁眉头，
风雨路悠悠。

〔2015年4月28日〕

萧 关

萧关烽火去，
城色旧晖身。
长草连新道，
闲亭有客人。

〔2016年3月8日〕

晨登程儿山摄雪景

沟壑银装重，
坡洼柳荫轻。
流光偏爱处，
侧听鸟儿鸣。

〔2016年5月2日〕

南乡子·百年古堡[①]

城堡上，
叹时光，
几多风雨两茫茫。
落幕莅临成旧迹，
高人策，
残壁雄浑邀墨客。

〔2016年5月28日〕

注释

①宁夏海原县郑旗乡撒台村王家树沟有百年古堡两座，东西对峙，尤以西台上古堡保存完整且气势恢宏，故专家建议古迹遗存应纳入古迹保护。

南乡子·嘎拉木①

云淡处，
夏风轻，
没烟峡内白花生。
绝壁落根争日月，
从无竭，
嘎拉醉红更赋阙。

〔2016年5月28日〕

注释

①嘎拉木：为多年生草本植物，根系发达，生于沟壑，抗干旱能力极强，集中于宁夏海原县境内郑旗乡撒家台村所在没烟峡及后山沟里，五月开白花，八月结红果。

南乡子·荡羌寨[1]

抬望眼，
说残墙，
荡羌寨里浴骄阳。
昔日谍频人马迫，
除间隙，
围困高城难使戟。

〔2016年5月31日〕

注释

①荡羌寨：宁夏海原县郑旗乡撒家台村境内苋麻河流域以西，城郭自1920年大地震后塌陷，之前为北宋所建，是防御西夏重要军事设施。

固原公安赋

回中道路险，萧关烽堠多。昔日秦皇汉武，巡行经略安定；今朝天下闻名，莫不瞩目固原。

六盘山下，长城内外，清水河畔，几代公安健儿，前赴后继，继往开来，可歌可泣矣。叩苍天，含辛茹苦为哪般？为苍生，奋不顾身保平安。吾等常嗟叹，英雄辈出以何哉？艰难困苦于成矣！

从警人，时有流血飞溅，抑或壮烈殉国，是为悲壮焉！固原域内，天天警情告急，时时有难求助；每逢急难险重案，必有铁肩担当人；朝辞妻儿含泪，夕别父母守望。迎寒送暑，不舍昼夜，非常人所能及，舍我其谁？诚须不屈之志也！世人皆说人有“三高”之病患，未闻警察背负“三高”之重担。纵使阴霾不可测，任凭风雪常伴行。

固原公安，感念衣食父母之恩泽，勿忘剑胆

琴心之根本。为天地立心，为生民立命。忠于党旨国法，勇于责任担当，甘于洁身清贫，志于奋发有为。曾誓言：大慝驱尽日，我等还家时。

壮哉！铁血警营，从来是、英雄天地。

是为固原公安记。

〔2017年3月19日〕

第二篇

热浪徘徊在心灵的上空

被太阳烘烤过的西海固大地，干热而烦闷，然而生活在这里的人们已经习惯了这样的天气。不过早晚的凉爽着实让人感觉舒爽，如同喝了冰镇茶一样，倒是令外来客尤为流连忘返。西海固逐渐成为人们旅游目的地的原因是：脆弱的生态环境在经过退耕还林后已恢复得面貌一新。天蓝地绿，山清水秀，鸟语花香，已成为新常态。

在盛夏时节，来过西海固的人都有一个深切的感受：那就是享受过天然空调的人很少有烦恼，呼吸过天然氧吧的人思维更加敏捷。尤其是雨后的山川林海、田埂草地，处处散发着泥土的芬芳和花草的幽香，仿佛夏天的诗句奔跑在西海固大地，令热爱生活的人为之手舞足蹈，为之欢呼雀跃。

追溯历史，曾有帝王临行经略，更有墨客诗情豪放。秦皇有意，筑起长城御敌于外；汉武寻根，龙潭问鼎香火袅袅；更有一代天骄成吉思汗，疲惫归来休养生息；西夏昊王李元昊，跃马狩猎乐此不疲。还因为伟人毛泽东在六盘山上诗兴大发，于是“不到长城非好汉”的诗句越过千山万水，成为激发人们实现中华民族伟大复兴中国梦的精神力量。

热浪袭来时凉风轻轻，站在“人类生存的精神高地”上，我与其他生活在这里的人一样，经历了乡村苦辣的风雨、城市酸甜的春秋，于是也喷溅出了诗意的浪花，给自己心灵一些慰藉。

盲人老李

从来黑暗路漫漫，
苦海无边举步艰。
若问光明何物美，
无心茶饭总长叹。

〔1993年7月31日〕

听　雨

细雨蒙蒙难迈步，
灰云笼罩向中河。
廊檐飞溅白花落，
客有归心又奈何。
山远茫茫都不见，
平川静静泛青波。
适逢稚子雨中戏，
偶闻农家阵阵歌。

〔2001年7月26日〕

开 学

倾听屋外声，
飞溅浪花争。
雀跃书童闹，
犹如乱鸟鸣。

〔2001年8月26日〕

游赵千户大林沟

花胜清风地，
山长草木茏。
闲游烦恼尽，
唯有上高峰。

〔2001年8月29日〕

山城及时雨

一

云暗围城郭，
惊雷宇宙悬。
长风摇旧座，
远雨绕山巅。

二

天水知时节，
家园喜欲狂。
谁知甘露白，
盛夏自清凉。

〔2003年6月〕

减字木兰花·固原峡口培训基地

高歌胡闹，
鸟比人勤晨更早。
卧柳无言，
晖洒垂条风不前。

榆怀有我，
汗湿衣襟正当搏。
峡口云囤，
人道初闻天地新。

〔2006年6月20日〕

清平乐·庐山诺那[1]塔院

青山碧透，
高处神怡久。
万里烟云如舞袖，
诺那塔前轻走。

不知仙境何生？
谁来道破峥嵘。
纵使庐山无语，
泰和天地宏盛。

〔2011年6月6日〕

注释

①诺那：是中国近代著名的爱国大活佛，生前主张“汉满蒙回藏大一统”。诺那塔为蒋介石于1938年捐资修建，该塔院为我国南方唯一对外开放的密宗道场。

忆江南·庐山

庐岚谧，
山岭卧云中。
清净低眉思旧雨，
真诚抬眼望新空。
寺院倚葱茏。

〔2011年6月19日〕

贺胡则丘[①]先生八十大寿

青松傲立高峰处，
会当春秋八十年。
诗化文山千里雪，
花开书海浪滔天。

〔2012年8月〕

注释

①胡则丘：湖南省益阳市桃江县人，著名作家、诗人、学者。著有《屈原研究文集》，“屈原三部曲”（《诗魂》《屈原第二故乡》《屈原传奇》），30集电视连续剧剧作《诗魂》，长篇小说《风流三部曲》《野人山历险记》，中篇小说《山雀儿》（儿童文学），散文集《都市风情——广州散文随笔集》，另有《历代诗联咏桃江》《浮邱揽胜》等著作。获桃花江文学艺术创作终身成就奖，曾任全球汉诗总会主办《寰球诗声》杂志执行主编。2013年8月24日逝世。

看美图有感

摇曳琴波远去匆，
春来弦上梦如虹。
晓晨丽日香风翠，
更与何人邂逅中。

〔2013年6月10日〕

余 地

斩草留根后，
新春自复生。
劲风来去迫，
粉黛画秋轻。

〔2013年6月10日〕

清平乐·纪念刘彦平①同志

六盘山畔，
古道风云乱。
泪雨倾盆焉忍看，
松海涛声哀婉。

无言岁月峥嵘，
农家暮色从生。
痛失光华无奈，
青山相伴坟茔。

〔2013年7月12日〕

注释

①刘彦平：宁夏固原市公安局缉毒支队副支队长，从警28年，多次被评为优秀公务员、先进工作者，两次荣立个人三等功，2013年7月3日因劳累过度突发疾病以身殉职，享年47岁。

古雁岭

放眼层林远，
登高古雁尊。
夏风飘翠绿，
一塔定乾坤。

〔2015年6月16日〕

土豆赞

土豆花开香万里，
绿茵遍地醉千秋。
秉承朴实方金贵，
情系苍生壮志酬。

〔2015年7月15日〕

忆江南·西吉震湖

凭秋色，
湖镜映青山。
阵阵香风云影落，
悠悠醉峡碧波闲。
相望岂知还！

〔2015年8月15日〕

采桑子·镜览须弥怪石沟

谁知何处生红锈，
怪石天成。
怪石天成，
飞鸟栖身分外惊。

相逢胜景不知险，
狭路前行。
狭路前行，
勇者从来绝壁生。

〔2016年6月5日〕

清平乐·赏河川芍药花记

山中芍药，
台地孩童乐。
闲客长驱曾相约，
唯恐花开花落。

盛时朵朵昂扬，
败时每每彷徨。
如若赏花有意，
更期新岁芳香。

〔2016年6月9日〕

蝶恋花·西北“红豆”嘎拉木

夏日碧空云几许，
嘎拉相邀，
迈步撒台村。
峭壁绿茵红透处，
断崖对峙人无惧。

浅唱奇葩红豆赋，
曾有相思，
嘎拉难倾诉。
自食酸甜来厚祚，
历经苦辣方常驻。

〔2016年7月23日〕

第三篇 细雨浸润过的落叶

落叶纷纷的景象是美丽的，但却让人深深思索……

春天发芽夏天舒展，到了秋天收获的季节，她把最艳丽的色彩献给大地。自知行将就木，却要静静接受细雨浸润，以便于干干净净、清清白白地悄然离去，落在她出生的地方，融入泥土之中，化作养分等待新生命在树梢上重新轮回。秋天的诗句便是对这种生命的歌唱，尽管五音不全，甚至有些可笑，不在乎被别人踩在脚下沙沙作响，这就是叶子的态度。

叶子没有完全相同的，但都有共同的特质，那就是立足和落脚的地方都不能脱离赋予她生命意义的大地。因此，我选择了脚踏实地并从中领略秋风扫落叶的那种感觉。

人，应顺势而为，挣得心灵一片宁静。这或许是落叶给我的启示。

作　诗

静夜好吟诗，
秋风却不知。
忽闻儿涕泣，
慌乱忘了词。

〔1992年9月20日〕

忧　虑

榜上不知人几许？
静听首尾我名无。
以文相告今天事，
唯恐双亲责怪吾！

〔1999年9月9日〕

柳树赞

一

相守无言效柳诚，
寻根落叶育新生。
归来去矣遮风雨，
图报恩情一夜轻。

二

夜深焉知白雾新，
束光一路岂孤身。
只因侧柳常相伴，
联袂成行别样亲。

〔2000年9月〕

洋　芋

自觉安身会有时，
从容不计剥粗皮。
献之权贵难成礼，
给予平民甘若饴。
不慕小人果腹饱，
愿充君子肚囊饥。
低眉勿念儿时苦，
遍地繁花好作诗。

〔2000年11月2日〕

晨步田埂

晨光踩土埂，
鸟语早传开。
体味清凉日，
菽香阵阵来。

〔2001年9月14日〕

宁夏六盘山

一

六盘山色秀，
浏览上云边。
峰迭延千里，
苍松续万年。
谷幽秋恣意，
百鸟竟春天。
胜景遍天下，
君临独傲然。

二

雄师勇向前，
峰路六盘延。
走进吟诗处，
天高秋色悬。

红军不怕难，
两载又五天。
气壮山河志，
旌旗红遍川。

〔2003年10月〕

云南丽江雨景

阁楼快雨叩门低，
远处朦胧乱鸟啼。
雨打芭蕉声错落，
静凭暮色踩闲蹊。

〔2005年10月〕

过原州云雾山

偶逢曲径越山边，
云雾迷茫湿雨天。
紫艳原来红杏叶，
秋风霜打望平川。

〔2005年10月18日〕

长相思·自题

草木休，
时光休，
瑟瑟寒风袭此州[①]，
谁心比我愁。

志未酬，
业未酬，
别样心情哪有头，
何堪冷落畴[②]。

〔2005年10月〕

注释

①此州：指原州。
②畴：指田地。

清平乐·听音乐

流云一瀑，
芳草心音驻。
谁撷余香回首路，
醉倒蒙蒙细雨。

静听楼阁风来，
行云流入春怀。
恰是雪妖时候，
君催桃李花开。

〔2005年11月〕

诉衷情·晚风袭来

晚风寒幕送斜阳，
莺雀赴巢忙。
人言都爱佳景，
借拙作，
寄衷肠。

追忆去，
满凄凉，
已成殇。
醉歌声噎，
思绪纷纷，
最把心伤。

〔2005年11月〕

西江月·忆长征

血雨腥风大地，
黑云弥漫天空。
英雄挥手走长征，
不怕饥寒交迫。

血染湘江河水，
击浪泸定要冲。
会师北上马飞腾，
道路红军开辟。

〔2006年9月〕

浪淘沙·中秋

皓月为谁圆，
秋色无边，
夜来灯火万家欢。
唯我楼孤空荡荡，
辗转难眠。

无意想从前，
犹梦连连，
笑谈雪雨许多年。
苦笑秋风凉飕飕，
寒上心田。

〔2006年中秋〕

清平乐·凤城银川

贺兰春恋，
塞北逢新艳。
大漠风情今又变，
崛起楼群千万。

朝阳独倚高峰，
晚霞映照西风。
秀色一帘犹梦，
青春作美湖城。

〔2006年10月15日〕

菩萨蛮·刘华[1]先生及其《山风诗梦》

悲风轻越谁心泣，
乱峰横亘烟云湿。
崇尚晚秋红，
吟诗残月中。

影斜还伫立，
常在清寒里。
无意觅春愁，
红霞自泛羞。

〔2006年10月20日〕

注释

①刘华：笔名刘梦凡、老果子，宁夏海原人，新编《海原县志》总纂，著有《海原方言词语汇释》《明清民国海原史料汇编》《西华洞天》《山风诗梦》《谰言九章》等学术专著和诗文集。

虞美人·曲谱黄昏

时逢秋日迟来雨，
谁谱黄昏曲。
亭亭疏影泛云羞，
问客几多幽恋向山头。

经年莫说花前少，
相约祈春早。
娥眉怎比柳丝长，
却送一泓秋隽慰风霜。

〔2007年9月13日〕

清平乐·嫦娥一号成功进入环月轨道

霜因风悍，
秋色十分艳。
旗帜高扬破浪泛，
号令响遏云断。

回首雨后彩虹，
嫦娥奔月寻亲。
魂魄气冲霄汉，
聚合众志成城。

〔2007年10月〕

西江月·固原飞机场开工典礼

秋月晚来寒照，
清风早遇冰霜。
高坡云集向山旁，
今日几多梦想。

慨叹时光荏苒，
品评岁月仓皇。
固原不再独悲伤，
银燕翱翔天上。

〔2007年9月29日〕

满江红·铁血警营

铁血警营，
从来是、
英雄天地。
争日月、
荡平迷雾，
尽彰威力。
杨柳千条谁妩媚，
青松万载因曾识。
献春秋、
辛苦夜归人，
民安系。

塞北外，
烟如织；
高峭下，
青葱郁。

望峰连川岳，

血映娇日。

春上贺兰关不住，

秋缄六盘无绝讫。

岁寒心、

风雨盼春晖，

诘安逸。

〔2007年10月〕

清平乐·山城秋吟

烟云浩瀚，
潋滟秋波隽。
诗欲难言倾古雁，
柳涕高平河岸。

六盘山韵蒙蒙，
东山秋色清清。
饮恨山城无泪，
谁人可诉伤情？

〔2008年9月9日〕

满江红·致母校

为中央民族大学附属中学九十五周年校庆而作

岁月悠悠，
曾同学，
少而砺志。
难忘处，
梦萦母校，
壮怀血气。
勤奋踏平天际路，
激情成就人生事。
从头说，
当溺爱时光，
而今是。
风雨去，
秋色至。

花如海，
芳香恣。
彩带寻卓越，
老师优异。
恰恰李桃皆有约，
偏偏霜鬓无人识。
清苦者，
授业育英才，
谁人比。

〔2008年9月15日〕

大连至烟台海上

海色连天近，
鸥鸣白浪空。
扬帆惊动魄，
十月会秋风。

〔2008年10月3日〕

清平乐·朝觐

为敬贺父亲田风瑞哈吉[①]朝觐荣归而作

清风明月，
将欲腾云越。
平素虔心还有缺，
归去朝祈潮落。

念辞滂湃倾城，
聚齐震撼心灵。
朝向天房无数，
终身其乐融融。

〔2008年11月13日〕

注释

①父亲田风瑞少壮时勤于农事，节俭朴实，为人厚道，宽待人，苦自己。晚年笃信好学，虔诚礼拜，心存感恩，明事理，识大体。平素教导子女向善、忠诚、守信、吃亏为福。

虞美人·寄语秋天

谁知秋叶三分醉，
红遍归憔悴。
风花别样送香波，
寂寞小溪东去又吟歌。

几多离恨纷纷雨，
留取春氤驻。
君安知玉玺冰心，
日月炳昭山岳共娉婷。

〔2008年11月27日〕

清平乐·致龚峰同志

匆忙脚步，
豪迈人生路。
肾病缠身何以顾，
决战邪魔无数。

重温生命恢宏，
山河方显惊容。
礼赞英雄人物，
怎无铁骨龚峰。

〔2009年9月11日〕

清平乐·南国风情

芦丛深处，
虹彩飞云路。
柳岸清香生白雾，
凭甚湖波同住？

日晖紫雪无垠，
喜逢幽谷寻春。
忘却巢归相木，
为何亘古逡巡！

〔2009年9月26日〕

清平乐·秋游北京红螺寺

不知红叶，
霜染青龙月。
留影红螺哪有约，
银杏株连层叠。

静听御竹轻鸣，
紫藤松寄香盈。
独爱池边相望，
别来秋日茕茕。

〔2009年10月〕

清平乐·泾源白云寺

白云深处，
风向轻无虑。
溪水声平谁笑语，
松柏低音如絮。

洪钟承载虔诚，
悬崖雕琢安宁。
不是香飘山野，
哪来幽谷痴情。

〔2010年10月3日〕

西江月·诗词评论

千古诗文绝唱，
抒情岁月蹉跎。
从来小树必参天，
何必口诛笔伐。

都说柳杨妩媚，
溪流朝向春波。
虽无霸气上高峰，
自我芬芳无过！

〔2010年10月〕

浪淘沙·出师银川

塞上仗峰峦，
暮色清寒，
匆匆车水马龙欢。
隐隐霓虹灯火媚，
最想悠闲。

窗外月移天，
夜半谁眠？
良禽相木亦栖闲，
贤士难为其得失，
笑傲云烟！

〔2010年11月20日〕

雅晨学画

未曾留影全家福，
挥笔涂鸦四口人。
忙问双亲谁更像？
静听评语姐尤真。

〔2011年9月3日〕

致同学们

冰霜层染人生路，
旧雨杨波秋色彤。
听水潺潺望落日，
观云舒卷自从容。
清风拂柳本无意，
相约如诗塞上雍。
但惜今朝难相见，
秋祺他日再重逢。

〔2012年9月14日〕

浪淘沙·钓鱼岛

碧浪怒苍天，
东海无边。
连心故土梦魂牵。
九月乌云埋丽日，
谁在扬鞭？

元敬①若无眠，
岂敢他先！
如今旧恨剑高悬。
又是新仇犹倒海，
抗日维权。

〔2012年9月18日〕

注释

①元敬：为戚继光字，1528—1588年，号南塘，晚号孟诸，山东登州人，明代著名抗倭将领、军事家。

满江红·东海风云

雄踞东方，
谁虎视，
碧波天地。
东海阔，
风云翻滚，
为何放肆？
铁甲逐波成霸道，
千帆潮涌屯兵器。
是可忍，
何以共江天，
民忧恚！

搁争议，
难忘耻；
金瓯保，
中华志。
寸土焉能让，

五星旗帜。
天上腻云吞月色，
海中狂浪藏魑魅。
狼来了，
觊觎我河山，
挥戈备！

〔2012年9月20日〕

清平乐·空城

有心回顾，
寂寞留不住。
条柳千垂新海路，
望眼秋风横渡。

群居斜映黄昏，
南桥月冷乾坤。
何故高亭寥落，
空城游弋孤魂。

〔2012年10月〕

浪淘沙·季节变换之思考

初雪落山城，
亭子风平，
往来残叶树难惊。
唯见青松舒傲骨，
鸟雀齐鸣。

天地酝新生，
瑞气相迎，
姗姗春暖日清明。
岁月流金谁起始，
万众峥嵘。

〔2012年11月16日〕

剑胆琴心

有心春雨滋杨柳，
无意秋声遍地红。
即使楚歌皆暗日，
未尝自刎霸王终。

〔2013年9月〕

寄语女儿

生于天地同春舞，
日出东方万里红。
快与青春常相守，
乐为岁月仰新空。

〔2013年9月20日〕

鎏金银壶[1]

鎏因十分纯，
金水洗凡尘。
银质同秋月，
壶情格外真。

〔2013年10月3日〕

注释

①鎏金银壶：宁夏固原博物馆馆藏国宝级文物。

不朽丰碑——张贤亮

一

大风歌起客才来，
云锁冰涯草木哀。
阶下光阴多少难，
催生独我菩提开。

二

感言碱水宝莲生，
笔入禁区众鸟鸣。
下海踏开浪遏路，
上天驾乘彩云轻。

〔2014年9月28日〕

清平乐·南华山

闲来相约，
放眼秋风落。
草海茫茫波浪廓，
惊兔满山跳跃。

同行更上高峰，
南华山下葱茏。
但见海城故地，
将军①雅步雍容。

〔2016年9月17日〕

注释

①将军：指兰书臣，少将，研究员，原中国军事科学院军事百科研究部副部长，出版有《军事文告选注》《中华文化通志·兵制志》《国防教育》《固金瓯》《春风集》《我的文档》等学术专著、诗词文集。

浪淘沙·中华黄河坛

千里舞蹁跹，
玉带珠联，
黄河坛上望平川。
太极天成金岸处，
更上山巅。

河水润田间，
秋色无边，
金沙湾里远声悬。
文脉涓涓恩万世，
浪涌千年。

〔2016年10月16日〕

第四篇

雪花飞扬的时候

记得小时候，掩盖脚背能冰透脚板的雪，几乎铺满了整个冬天。因为下雪的天数比较多，冰雪并不容易消融，尤其遇到刺骨寒风，将飘落不久的雪吹成一溜一行堵塞了路面的时候，我们颠簸着上学的艰难就可想而知了。

那时候，我和我的弟兄们穿戴极其破旧，甚至是寒酸的无法用语言形容。我的双手、耳朵和脚时常被冻得起了疙瘩，到土炕上焐热后瘙痒难耐。手、脚、耳朵遭罪的历史一直延续到在北京上学而宣告结束了，因为学校发放的衣服不仅暖和了我的手脚，而且暖和了我的身心。

尽管冰雪令我这个农村出来的孩子有刻骨铭心的凄苦记忆，但它让我明白了一个道理：亲历寒冷，方知温暖。不过话又说回来，任何事物都有两面性，老是记着它的不好容易产生仇恨心理，时常记着它的好就能开启心智，对于雪也是一样的。多年来，每逢雪花飘落的场景出现，我就有写作的冲动，于是稚拙的笔下，出现了不少写雪的诗句。

雪，其实是很美丽的。可以设想一个没有下雪的冬天，人将会面临怎样一个境遇呢！冬天因为雪而寒冷，唯有雪的铺天盖地，才有春天的异彩纷呈。我很欣赏诗人说的这句话：冬天来了，春天还会远吗！

牵 挂

归去久长时，

吾儿未必知。

分身无术矣，

相见可曾期！

〔1994年1月3日〕

茶 壶

偏爱难长久，
低眉满地瞋。
玉壶何罪有？
无缘此新春。

〔1994年2月12日〕

赶往案发现场路上

踏雪归来难歇脚，
案情正待薛家山。
急行飞雪弥漫路，
抗御寒风十八弯！

〔2000年1月21日〕

中河大营城

海喇[1]原州厚土圜，
中河风雨重如山。
黑云逼迫城头[2]断，
日照平川岂可还。

〔2000年2月27日〕

注释

①海喇：指海喇都，古代宁夏海原县别称。

②城头：指宁夏原州区中河乡境内宋代时所建大营城，现城郭依旧，遗迹残存。

于晨雪中独游固原西湖公园

雪花悄悄落声轻，
风冷飕飕我独行。
幽静西湖埋旧迹，
来回不见鸟啼鸣。

〔2001年12月11日〕

下 乡

谁人苦口心，
学会听余音。
同吃粗茶饭，
方知逆耳琛。

〔2001年12月15日〕

元旦晨登固原东岳山

山峰层叠出红日，
夹道平川楼宇新。
锁链轰鸣横越急，
古城幽静梦逡巡。
登高东岳须晴日，
清水河边觅早春。
奇伟时常在险远，
瑰观罕至待何人。

〔2002年1月1日〕

菩萨蛮·盼郎归

夜来寒落窗棂上，
雪原莽莽人悲怆。
泪向枕边藏，
无缘春梦旁。

醒时多怅望，
迷失了方向。
谁在守安防，
英姿数俊郎。

〔2002年2月20日〕

设卡堵截十二昼夜

寒风萧瑟夜难平，
滚滚轰鸣向北行。
路外盘查勤换岗，
缉拿凶犯正倾城。

〔2005年1月23日〕

到山那边去上学

团簇梅雪爬山畔，
双喜争春频点头。
旭日冲天行万里，
远山峻峭空幽幽。
学童一路踩冰脆，
结伴歌旋磐石沟。
但见晨烟几袅袅，
生逢何地更无愁。

〔2005年2月〕

同心梨花沟寻路

四野荒芜哪有路？
老夫指向梨花沟。
杂蒿横断羊踪乱，
两岸齐眉紧锁喉。
遥望村夫声远近，
仰头灰鸽竟飞游。
一弯斜月映红韵，
来者归心暮色稠。

〔2005年12月7日〕

水调歌头·固原

惯看冷秋月，
更觉晚霞孤。
高原千里蒙顿，
脚下烈风呼。
纵使阴霾天下，
古道红星闪烁，
万象始萌苏。
敢问人间事，
豪迈上征途。

劲雨迫，
浩雪急，
血腥逾。
东西南北，
春风一夜送馨舒。
谁上六盘指点，

重塑河山锦绣，
遍地野云姝。
百媚斗新颜，
千紫笑茱萸。

〔2005年12月〕

南乡子·福银高速固原段通车典礼

冬日什，
彩云隆，
寒光相映锦旗红。
塞外劲风镌不朽，
精神抖，
锣鼓鸣春冰地走。

〔2005年12月18日〕

西江月·福银高速固原段通车典礼

旭日登高初照，
塞风掠过红绸。
贯通南北破寒流，
还是英雄成就。

贺兰走来风雨，
六盘辞别春秋。
长龙千里越神州，
再造河山锦绣。

〔2005年12月18日〕

蝶恋花·往事如烟

一束阳光何掷地，
孤苦人家，
何以当常备？
残月半墙曾相思，
寒光满地无心寐。

伏案疾书多少次，
字字呻吟，
尚有不如意。
难说人生皆顺遂，
笑看岁月平常事。

〔2005年12月30日〕

浪淘沙·女儿考试回来

瑞雪闹今天，
寒气无边，
提心吊胆步难前。
讨厌满天风雪舞，
谁肯相怜。

从小自扬鞭，
榜上无缘，
书包沉沉把心悬。
踏雪归来云雾脸，
期盼来年。

〔2006年1月14日〕

浪淘沙·警营岁月

二十载如烟，
何故心悬，
无功愧立望从前。
七尺男儿正血气，
除恶争先。

故事纵流传，
自我扬鞭，
从来狭路勇当先。
踏雪归来不念苦，
使命担肩。

〔2006年1月18日〕

鹧鸪天·信鸽

娇翅初翔乘顺风，
披星栖息树林中。
别时原本身消瘦，
远涉群山腹里空。

多砥砺，
搏苍穹，
放飞梦想必亲躬。
不慕蝶恋花香地，
直到家乡再庆功。

〔2006年2月2日〕

蝶恋花·驱车观雪景

醉雪漫天谁媚首，
喜地羸欢，
只与银梅守。
最是半窗春色厚，
一帘莽莽新风久。

昨夜梦来何以有，
云舞天边，
谁启诗言口。
今日踏春唯恐后，
他年雪里曾知否？

〔2006年2月4日〕

菩萨蛮·赞凤阳作者散文

西风横扫千堆雪，
关山望尽多波折。
鸿雁已翱翔，
何时歇凤阳。

孤程明夜月，
风雨难相隔。
借字一徘徊，
景生诗意催。

〔2006年2月10日〕

清平乐·题单家集陕义堂清真寺

暮来月倦，
邦克声声念。
阵阵虔辞祈口唤，
跪接晚风满面。

侵光寒峭谁诚，
杖翁试问归程。
别去一帘泪雨，
感恩成就人生。

〔2007年2月4日〕

渔家傲·致马鑫先生

万顷无峰山有恨，
坡头百步何人窘。
窑洞斜阳寒未尽。
孤身隐，
几多风雨携尘粉。

曾记当年人本悯，
无言相约来回忖。
衣锦还乡生雪鬓。
谁恭顺，
孝心更与何人近！

〔2007年12月〕

雪赢乾坤

冬日红沟何伫立，
倾听一片落霙声。
遥看万里乾坤白，
唯有苍松雪里生。

〔2008年1月23日〕

清平乐·固原东岳山以南

春临边塞，
好雪弥关隘。
万象杨波生粉黛，
哪里春潮澎湃。

凭栏遥望高峰，
六盘春色蒙蒙。
别去蹉跎岁月，
觊觎熠熠春风。

〔2010年2月19日〕

踏莎行·致老师

茹苦含辛，
鬓霜如皓。
平生淡泊谁心恼，
清风两袖彩云归，
育人何患青春老。

桃李芬芳，
婷婷袅袅。
翩翩春雪何曾道，
潇潇秋雨不为凭，
师生相遇知多少。

〔2010年12月8日〕

踏莎行·借诗还雪

天有清寒，
地生冰裂，
又逢萧瑟西风雪。
心平脚下有轻风，
气和万事凭谁说。

草木枯萎，
落花呜咽，
消声鸟雀南飞绝。
剩余勤苦借诗中，
冬天过后哪春涅！

〔2010年12月15日〕

人　生

风随心动柳丝长，
月向屏林白似霜。
品茗人生清又淡，
冰壶春色自来香。

〔2011年12月9日〕

清平乐·踏雪畅想

关山隐没，
阡陌无明月。
寂寞玉霙如是曰，
洒落一帘仓猝。

谁人墙外徜徉，
银枝挂满安详。
独爱晶莹大道，
更期春暖花香。

〔2012年1月21日〕

冬末洒落的最后时光

一

塞外雪充盈，
高峰梦里生。
春分来去迫，
寒颤抱州城。

二

山林邀旧雨，
鸟语共春风。
台榭无闲客，
风轻送暗香。

三

漫延新道静，
漂白大原[①]休。

敬仰千秋雪，

春光一眼收。

〔2012年2月9日〕

注释

①大原：指宁夏固原市原州区。

一幅配乐山水画

烟岚弥漫雪山高，
雨落青波白泛韬。
绿岛林如千里浪，
意中娴静醉心遨。

〔2012年12月8日〕

为筹备固原诗词学会而作

诗吟风雨顺民心，
歌放萧关乐满琴。
词作璧合连日月，
韵文唱响主旋音。

〔2012年12月〕

寄 语

残雪消融溪水静，
春风万里悄声来。
又逢年华金蛇舞，
再塑人生既往开。

〔2013年2月〕

恭贺何守成先生书画作品再度获奖

提笔行云听水声，
挥毫澎湃本天成。
风骚独霸芳菲尽，
中华豪情荡凤城[1]。

〔2014年1月10日〕

注释

①凤城：指宁夏银川。

西江月·诀别

恰似一帘旧梦，
忽如两行新愁。
笑容昨日尚如前，
今却无音永远。

别去不堪回首，
新来落脚安休。
茹河岸上望平川，
故地几多遗憾。

〔2014年1月11日〕

浪淘沙·致“110”并接处（辅）警

今夜更无眠，
却把心悬，
为何急迫语连连？
明辨险夷声切切，
生死攸关！

寒彻更无边，
指令频传，
破门但见案头前。
毒瘾猖狂神鬼怕，
擒获俱全。

〔2014年1月15日〕

浪淘沙·自题

本是苦寒生，
岁月峥嵘，
勇朝雪雨向前行。
直面风霜不歇息，
莫夺坚贞。

膝下女儿茕，
掌上春莺，
自知亏欠老人羹。
甘愿黄牛正当下，
跃马纵横。

〔2014年1月25日〕

浪淘沙·致雅妮、雅晨

玉女舞天纱[①]，
怒放心花，
争奇斗艳映朝霞。
姹紫嫣红春满院，
欣慰无涯。

正当好年华，
碧海银沙，
效之春雨润莩葭[②]。
不作秋风驱落叶，
相会亨嘉[③]。

〔2014年2月6日〕

注释

①舞天纱：出自唐朝武平诗“轻罗小扇白兰花，纤腰玉带舞天纱”。

②莩葭：也称葭莩，出自清朝蒲松龄《聊斋志异·婴宁》：“莩葭之情，爱何待言。”这里指亲情。

③亨嘉：出自《周易·乾》：“亨者，嘉之会。”指美好的事物聚集在一起，比喻优秀人物济济一堂，固有亨嘉之会之说。

蝶恋花·与音乐同步

梅花乱了方寸步，
秋雨绵绵，
细碎声声露。
摇曳春风同曲渡，
云蒸霞蔚心花怒。

激浪不知多少度，
如是飞舟，
驰骋扬帆路。
若怕凋零生嫉妒，
含宫咀徵[1]应歌赋。

〔2014年2月10日〕

注释

①含宫咀徵：指沉浸于优美乐曲之中。

悼念杨珍[1]同志

聆听天下风云事，
不忘京城相遇亲。
谁敢坦言纵横论，
除他岂有后来人。
前程难得有知己，
落幕希求无悔身。
今去众望黄土厚，
他年蒿草几回春。

〔2015年1月17日〕

注释

①杨珍：系宁夏海原县交警大队民警，擅长国际问题评论，2015年1月17日因公殉职，后被公安部追认为全国公安系统二级英雄模范。

西江月·炭山石岘子“动物世界”

簇拥秋风漫舞，
伶仃残雪长眠。
重来石岘半山惊，
“动物”纷纷出没。

山顶为谁遥望，
坡洼何故蹁跹。
静听疯草哆嗦声，
裂石千帆竞发。

〔2015年12月〕

头营马园古城墙边

不知断壁何年月，
又见残垣杂草长。
漫步河边清水静，
惊飞鸽子满天翔。

〔2016年12月22日〕

乌夜啼·与朋友[1]同救小姐妹

夜色淹张易，
归来上马泉[2]边。
孩童慌乱频挥手，
定有事关联。

急刹停车忙问，
无言更把心悬。
不论姐妹为何故，
送父母跟前。

〔2017年1月2日〕

注释

①朋友：指撒英福、李玉宏、黑正福。
②上马泉：系地名，属宁夏固原市原州区张易镇所辖。

采桑子·陪林博士访撒家台

撒台偶遇京城客，
满院阳光。
主客同堂，
和美人家饭菜香。

喜看此地安居所，
红瓦砖房。
松木新梁，
川道家家奔小康。

〔2017年1月8日〕

第五篇

蓝天白云下的黄土地

在黄土地上存活下来的生命，无不以坚强、憨厚、忠勇的秉性直面无数的磨难和苦涩的日子。即便是1920年那场人类历史上罕见的“8.5”级地震（史称海原大地震），也没有摧毁掉生命的全部，哪怕是折断了飞翔的翅膀，夺走了行走的双腿，淹埋了残破的家园，只要有一息尚存，生命便在废墟之中勇敢地爬起来。

近百年过去了。西海固作为黄土地的一部分，曾因“贫甲天下”而闻名，如今变成了人们驻足凝望的地方。不知从什么时候起，蓝天白云成了免费的“奢侈品”，行走在西海固大地上的人越来越多。不仅如此，这里的山绿了，水清了，人也变了摸样。写作、绘画、摄影、旅游，在成为一部分人的生活方式之后，更多的人不再窘迫地看待自己的身世。

在蓝天白云下的黄土地上，寄情于山水，忘我于村野，也许是人生另外一种境界吧！

乡村：没有雕琢的美丽

人们习惯于游历车马拥挤的名山大川，而那些经历了沧桑巨变的乡村自然景致在进入人们的视野之前，永远是被遗忘的美丽，尤其现在没有农村背景的城市人，或许心中已没有了乡村的概念。这不是他们的悲哀，而是我们的淡漠。因此与朋友弃远足而近游，令人惊讶于乡村的平淡美，让人陶醉其间而不能自拔，不免唤醒了我们的追忆。

开斋节放假期间，从固原出发驱车过寺口子进入海原境内，由于车载导航工作不力，将我们误导入乡村路上，我们也就将错就错。没想到乡村道路几乎全是硬化的水泥路，尽管一些地段会车是困难的，但是乡村车辆很少，发生会车的概率是很低的，因此，一路畅通，却发现了别样的风景。

到处绿草如盖。山抱山，沟连沟，层层梯田排布有序，庄家颜色各有不同，依山势和耕作方便而居的村寨星星点点，一些劳作的村民忙于抢收粮食，抡起镰刀，挥汗如雨。一对邻居姐妹在地里相互帮助收割豌豆的情景，曾使我们驻足。那些没有下地干过活的人难以想象在大热天农民埋头抢收粮食的情景。

一个很帅气的小伙子，很熟练地持镰刀“消灭”了满地的豌豆，黝黑的脸上滚落豆大的汗珠。他说他从海原中学高中毕业，参加完高考，马上要上大学了。笔者与他拉话并祝贺他，他很礼貌地说谢谢，看得出来他并不看好即将上的大学，这时他的母亲走来说你们给开导开导。我们说你能把一地的豌豆割倒，说明你有战胜未来所有困难的毅力和勇气，上什么样的大学并不要紧，关键在大学要学到走向社会的本领，这是根本所在。他听后脸上露出了笑容。离开后我很后悔没有要下他的电话号码。在离小伙子所在村庄不远的另一个地方，我们发现了母女同样割豌豆的场景。农村的孩子，尤其是女孩子帮大人干农活的，更是具有普遍性，这种在劳动中成长起来的孩子，一定会有出息的，说起城里的孩子，简直叫人无语。我们顺着乡村的道路前行，沿途花草、树木、人家、山峦、沟坎、庄稼交织在一起，构成了一幅美丽的图画。这些图画所发出的声响，需要观赏它的人静静倾听和仔细思考。

人与自然和谐相处，并不仅仅停留在口头上，而需要走近它、亲近它、爱惜它，这样心灵才能有美感和惬意。离开城市喧嚣的那一刻直至来到久违的乡村，心里一直有一种清爽的感觉，眼前一切是那么熟悉，仿佛是梦中出现的画面，那些自然勾画出的线条轮廓历历在目、清晰流畅。这是几十年后风调雨顺带来的变化，是人类遵循自然法则后的回报。试想，多年前，掠夺式的放牧和砍伐，粗放密集式的经营，曾使这里的山川失去了植被，烈日烘烤，大地生烟，人心浮躁，万物生灵嗷嗷待哺，一切处在焦灼状态。如今天蓝蓝，地绿绿，草青青，水泥马路延伸到每个村庄，引来了村外的人驻足凝望，用镜头抓住美丽的瞬间，告诉山外面的人，这里已经发生和正在发生着的一切。大地之上白云变换着姿态，悠闲舒缓；天空之下村庄星罗棋布，清净安然。白云飘动的地方，一眼望不到天边的油菜花，惹来了勤奋的蜜蜂左右翻飞，各色蝴蝶嬉戏其间。它们习惯了无人打搅的生活，无拘无束。在它们的领地上，聪明的人最好做一个明智的观众，否则蜜蜂将会使人暴跳如雷。

从低洼处一直沿村路向前的过程，如果仅凭步行是很艰难的。好在我们驱车走走停停，停停走走，当然这也是我们自愿的，因为我们不是赶集的。到了南华山，我们有一种“一览众山小”的感觉，远处天空一半晴，一半阴，阴晴分割的地方，不是沿山盘飘雨，就是黄云清亮。而近处的山棱角分明，脉络清晰，绿草遮掩。因为几声响亮的雷鸣，屏蔽了百鸟争鸣。从驻足地方向南瞭望，天上的白云又像缀满的葡萄串串相连，枝丫沉重直逼山头。连忙抓住这一幕，我们兴奋不已，俗话说，过了这个村就没这个店了。人好多时候是生活在偶然性之中，这也就是人们常说的运气。运气好了事半功倍，运气差了功半事倍。既然这样何不与此山此景留影以示纪念呢？我想山甘愿为人做背景，人为何不能为山当高峰呢！有道是山高人为峰，仁善乾坤大。至于仁善之境界，非诚实笃行不可，只有感悟大自然的博大，人才有机会看到自己的渺小。山给予人最大的看点就是它不仅有高峰，而且有连绵不断的脊梁。正因有脊梁的存在，人便从中得到许多启示，才有向人生高地拼搏的动力。有个悠闲行走于山林的回族大哥，或许平时忙碌没有机会到此一游，看他轻松矫健的样子，想必正怡然自得于此刻的景色。而被风景撩拨得激动不已的摄影师一路走来，依然步履坚定，自信的脸上流露出满足于此行收获的微笑。

踏着余晖，准备结束一天的行程时，我们意外发现了一处依山傍海的地方——盖牌。夕阳落山时，山倒映于水中，芦苇静悄悄地守候在水边，突然一只野鸭打破了水面的宁静，在余晖的簇拥下向我们游来，身后留下的波纹渐行渐远，虽然没有抓住“一石激起千层浪”的瞬间，但我们看到了野鸭下水的刹那间，余晖照耀、水花溅飞的场景。看来平静的地方蕴藏着不平静，只是缺乏发现的目光，对于整个西海固而言亦是如此吧。

游彭阳茹河瀑布记

“茹河瀑布，溅湿桃花路。云集岸边听浪趣，流向何方倾诉。鳄鱼逆水前行，难言断壁狰狞。若做旧桥过客，当思烟雨盛情。”这首《清平乐·彭阳茹河瀑布之鳄鱼岛》琢磨成篇并修改定稿已是4月6日了。回想起茹河之行，感觉意犹未尽……

清明放假，偕妻女并邀朋友一同去彭阳，一览茹河瀑布之胜。4月4日上午天气有些不高兴的样子，不能因此改变计划。从固原出发先到彭阳城，简单吃过饭后，便急匆匆赶往瀑布所在地——城阳乡杨坪村。其间费了好大的劲，因路线不甚熟悉，在彭阳城周边转来转去，加之前几天下过雨道路湿滑泥泞，耽误了些时间，也影响了人的情绪，快到目的地时，远远就听见河里水涌的轰鸣声，埋怨的情绪随着女儿快乐的叫声散失殆尽。

眼前瀑布水浑浊呈土黄色，感觉虽不像黄河之水天上来，但雄浑的气势依然给人以力量之感。自北向南平稳流淌的浑水，悠然地按照它固有的路线不紧不慢地行走在河道里，流水到了断层处下泻时，却一改舒缓的平和状态，迅猛冲下的速度，大有把大地戳穿的架势，真可谓“翻脸一瞬间，咆哮一百年”。回响之声在河湾里经久不息，这也是在刚来的路上听到水涌声音发出的源头所在。飞流直下三千尺，大诗人李白的诗句描写的大概就是这般境况吧，静静地听着它从内心深处发出的怒吼，究竟能使人有怎样的感受？孕育生命的水，也有宣泄情绪的时候，它发怒时就成了风景，而人发怒时黑色的日子便来临了。常年的冲刷形成了水平线以下大约十来米深的沟壑，两边千奇百怪的断崖没有规则，细观之，其年轮远远超过任何一个欣赏它的旅游者，因为它是穿越了历史的时光走来的绚丽果实。要在此地过茹河，有一座旧迹斑斑的老桥东西走向，可近距离触摸茹河，但尚需自南至北沿新修的便道到达瀑布近旁，任你拍照、亲近，体验世外桃源之乐。正在路旁驻足观看时，巧遇好些熟人也偕家带口在此流连忘返，并听闻除此之外，向北不到一里地还有一个更大的瀑布，在我印象当中茹河瀑布只此一处，看来有了瀑布一，还有瀑布二，这可是锦上添花，美美与共，于是就有了更大的期待。

边路沿茹河如蛇形向北蜿蜒延伸，路两旁的柳树枝有些发绿，笔直地站立在那里迎接客人的到来，但还没有到摇曳的时候，因山里的气温还没有达到使柳叶舒展身躯的程度，至少在山沟里是这样，春风微弱的近乎叫人感受不到，这也是区别于山外的原因之一吧。中间是碎沙石铺就的新路，因为雨的清洗和渗透，脚踩上去松软而有弹性。漫不经心走在这样的路上比起走在城市平坦的马路来更让人产生遐想。新鲜的空气里夹杂着桃花、杏花的芳香和泥土的味道，山涧本来的气息，使久居城市喧闹的人们有另一种享受和体验。远离这种体验太久了的人，往往容易情感麻木，于是学会自我陶醉到山沟沟里来转悠不失为明智之举。初识茹河瀑布还是有些震撼，而意念中的瀑布应该像黄果树瀑布那样一泻千里，而茹河瀑布要逊色得多，但是它是黄土高原上的“宝贝疙瘩”，而前来观光的人们当真爱它的天然存在。不知不觉已绕过了第一道瀑布，前面更大的瀑布映入眼帘，垂流倒挂溅起浪涛向上冲去，咆哮声震河湾，与第一道瀑布前后呼应，惊醒了四周冬眠的杂草、树木和僵硬的土地，反应最快的桃树以最先含苞待放或怒放飘香带动了与之为伍、结伴山林的松树、杨树、柳树和杂乱的草纷纷醒悟，而那些对声音没有反应的生物体只能是任由它保持冷静吧。

介于瀑布一和瀑布二之间的河道中央，有一个酷似鳄鱼状的“岛屿”，不知是茹河的有意还是河水的自然雕琢，面朝北做逆水拼搏的姿态，栩栩如生，令人甚是惊叹。逆水行舟，不进则退的古训是“鳄鱼”生存的法则吗？这“鳄鱼”从地理位置上来看的确是没有退路，后面的“追兵”是第一道瀑布进逼和绝壁的陷阱，它唯有为前行而苦苦挣扎才有生还的希望。自然界的神奇变化难道就没有给最精明的人类什么启示吗？伫立路边久久瞩目，女儿一阵欢快的笑声打断了我的凝神，她拿起她的iPad照个不停，不知道她的“摄影作品”里是否有“鳄鱼”照片。瀑布的咆哮声已经占据了她全部的注意力，平时学习紧张，好不容易来此游玩，不忍心打破女儿的陶醉。我也不知道游览的人们是否把目光过多地投向“鳄鱼”，反正我是细细地过滤了它。谁都知道鳄鱼是生活在水中的“大人物”，它生活的领域总是与水有关，但没听说过黄土高原有其栖息之地，今日见到的“鳄鱼”，大概是水那边的鳄鱼的一个非分的梦想，无意识地涉足茹河。人世间拥有的和梦想中的动植物，大凡都会以不同的形式附着于不同的载体上，给富有幻想的人以更好地感悟大自然的神力。

返回时已是下午了，雨滴飘打在车玻璃上，雨刷器不停地转动，沿途的村庄以及与村庄相连的沟沟坎坎越来越模糊。围绕瀑布的话题在车里展开了，我倒是很在乎“鳄鱼”的事，干脆将茹河里的那块台地命名为“鳄鱼岛”更为妥帖，以此表示对大自然的敬畏，而大自然又该敬畏谁呢？外面的雨下得更大了……

同行者同心

有人说，到中国不到宁夏，等于没有到东方的“麦加”，到宁夏不到同心，等于没到“麦加”的“天房”。当闻名遐迩的同心清真大寺屹立在我们眼前时，它已历经六百年风雨侵蚀沧桑巨变，在公元2015年夏日蓝天白云的衬托下，显得更加挺拔、雄伟、典雅、肃穆。

初识和思考

6月13日，我们一家三人从固原驱车赶到同心清真大寺时已经是下午了，方圆平川干旱而温热，天空上白云悠闲飘动，微风拂来，垂柳荡漾，似乎有意给我们创造游览的好氛围。因为妻子苏丹和在同心县工作的李玉洁是大学同班同学，现又都是文博专家，相比更有高论在前头，因此我们的参观一定程度上具有考古的意义。随行的还有她坚强不屈并热衷于摄影的老公李宗仁先生，我的上小学的小女儿雅晨，她特意穿着的漂亮白色长裙上点缀着红色的小花纹，显得活泼、淘气、可爱，给我们一路带来欢快。

古人说三人行则必有吾师，我们可是五人同游览，肯定有师者。话说回来，同心清真大寺不仅是回族穆斯林群众礼拜的地方，更是文化的载体。之所以聚焦世人的目光，并不单纯是它的宗教意义，因为它不仅是宁夏最古老的清真寺，而且是陕甘宁省豫海县回民自治政府所在地，是中国传统文化和伊斯兰文化结合的典范、红色旅游胜地。它所包含的文化多样性的特点，值得人深思。尤其被传承下来的对于回族生活方式的执着坚守，依然稳定地保持着它固有的内涵，如同被认为不适合人类生存的地方的人硬要与黄土地争夺生存权一样牢不可破。这是怎样的一种力量？！在俗世物欲横流，被称为“信仰危机”的大背景下，对我们有怎样的启示，需要认真反思。带着这些问题，我们迈开了参观的步伐。

印象和追忆

初次相会于同心清真大寺，最先跃入眼帘的是它沉稳和谐的建筑，它单调、朴素、沧桑感强烈。建在高地之上的清真寺，与黄土地保持着同样的色调，显得有些“土气”，并不像其他古建筑那样金碧辉煌，堂而皇之地吸引人的眼球，但它古朴典雅、肃穆庄重的样子，很容易让人回味它传奇的历史。它挺拔的姿态像是一盏明灯，点亮了饱受旅途之苦的虔诚者和饥寒穷苦之人迷茫的心，使他们有信心、有勇气迈开脚步去迎接黄土地上艰难的生活。它默默无语、静静守候，安详等待需要感悟的人。我们也欣慰地看到，经历了太多的悲壮后，在1936年那血雨腥风的年月里，一支代表着最穷苦人民利益的队伍——工农红军身着青布军装，戴在头上的军帽上有颗熠熠生辉的五角星，清俊的脸上眼睛炯炯有神，个个精干麻利，但许多人因长途奔袭和缺乏营养而身体瘦弱，叫人甚是揪心。他们说着有些听不懂的方言，但和蔼可亲，对老百姓秋毫无犯。经过一段时间的接触，意识到他们是有信仰的队伍，这里的人才与他们融为一体。与有信仰的人打交道之所以能够改变他们苦难的生活，是因为这支队伍用实际行动诠释了理解、尊重、包容。随后当地群众和戴五角星帽子的穷人的队伍有了共同的语言和共同的志向。陕甘宁省豫海县回民自治政府成立的那天，一个叫马和福的回民当选为政府主席，这是开天辟地的事情。没有想到新中国成立后，这个自治政府开创了共和国民族区域自治的先河，为民族区域自治制度的建立做了有益的尝试。作为一个新生力量的队伍早在黑暗依然笼罩的艰难岁月里摸索治国的方式，只有胸襟宽广的共产党人才能如此高瞻远瞩，因地制宜而不墨守成规。回汉团结，从那时候起就谱写了光辉的篇章。这一段血浓于水的历史不能忘记。

品质和品味

步入同心清真大寺，不由得让人肃然起敬。这里的建筑和文化所表现的品质需要仔细品味。外院宽阔而平整，内院错落有致。内外院衔接恰到好处，四周树木茂密。单从外院来看，除照壁之外，北面有厢房（包括沐浴室），南面开阔院子的尽头是被郁郁葱葱的各种树木包围起来的红军西征纪念馆。院子里虽然没有装饰物，显得空旷，但越是空旷越给人留下无限想象的空间。要想做一个胸怀博大坦荡的人，不妨驻足于此间感悟什么叫空灵。寺门前伫立着砖雕图案为“月藏松柏”的照壁，更是寓意深邃、意境高远：山丘之上，山峦之畔，两棵挺拔的松柏枝叶繁茂，一轮明月若隐若现于其中，预示着穆斯林在前世要阳光后世才能光明，皆因坚信造物主万能不朽的圣洁信仰。照壁两旁是河州马忠良镌刻的对联“万物徧主沾主泽，群迷普度显圣恩”，告诫人们：润泽万物成长所倚靠的力量正是你心中虔诚敬仰的主宰，生生不息的万众所拥有的幸福来源于你应该感恩的造物主。懂得感恩是任何一个民族、不同信仰群体最可贵的品质。

与照壁相对的是三个雕刻有阿拉伯文和花卉图案的卷门，中门上有“清真寺”三个有力的中文大字，左右两个卷门上分别刻有“洗心”和“忍耐”，醒目、有力。说到“洗心”，以创“先天学”，主张“万物皆由太极演化而成”，有“内圣外王”之誉的北宋哲学家、易学家邵雍（1011—1077年）曾作《洗心吟》诗，形象直观地对“洗心”作了经典的解释，他说：“人多求洗身，殊不求洗心。洗身去尘垢，洗心去邪淫。尘垢用水洗，邪淫非能淋。必欲去心垢，须弹无弦琴。”这里有个“无弦琴”的典故，昭明太子萧统《陶渊明传》中是这样记载的，“渊明不解音律，而蓄无弦琴一张。每酒适，辄抚弄以寄其意。”《晋书》也有类似记载，许多人以为陶渊明真的不会弹琴，责怪他故弄玄虚，其实错了，对此陶渊明阐释说：“但识琴中趣，何劳弦上声。”意思是说真正完美的音乐不是演奏家弹出来的，因为任何一流的演奏家都有失误，而是用心感悟“弦外之音”，这里的哲理性意蕴不言而喻。一颗被污染了的心，无法用水去清洗“心垢”，只能于无形中去找答案，如风是无形的，风可以使旗子飘动；水是无形的，水可以滋润万物生长；信念是无形的，信念可以使你战胜困难……沿着这个逻辑思考下去，你将会明白：“天籁之音不在弦，无声之中有灵秀。”

而“忍耐”，与“洗心”一样醒目镌刻在卷门之上，提醒来访者和穆斯林要注重德行修养，尤其“忍耐”作为穆斯林美德之一，真主在《古兰经》中不仅有明确的降示，而且有穆圣践行的经典范例。“当愚人以恶言伤害他们的时候，他们说：‘祝你们平安。’”（《古兰经》25：63）这就是伊斯兰教倡导的忍耐。穆罕默德在为圣之初，身边及周围一些乡绅贵族唯恐穆圣站稳脚跟后损及其政治、经济利益，百般诋毁、诽谤、迫害穆圣，另有一些受蒙蔽的人也参与到打击报复穆圣的行列。一次，受人挑拨的老妇手提没有清洗的羊肚问穆圣：“你就是穆罕默德？”穆圣回答：“是。”这位老妇遂用刀划破羊肚将羊粪倒在穆圣头上，羊粪顿时流遍穆圣全身。这种明目张胆的侮辱行为任谁都无法接受，但是穆圣却抬起头来温和地对老妇说："祈求伟大的真主饶恕您。"穆圣对凌辱他的人尚且如此宽容大度、忍耐有加，难道对现实中的人没有启发吗？学会宽容他人接纳他人需要训练自己。当下时常发生为蝇头小利动辄大打出手，为一己之私损人损己损国家，为享乐浮华吸毒贩毒，如此等等现象，不胜枚举。以不义而不忍，灵魂生锈发霉，皆因精神生活出了问题所致。一个有着美好精神信仰的人，不仅是勤于学习的人，更重要的在于修炼中正平和的心态善待人和事。那些一辈子都在埋怨、责怪别人的人，总是没有学会检讨自己。这是人生最大的悲哀所在！

出入和进退

从卷门入内经过道拾级而上至内院，如果心中有所疑问的话，那是因为在好奇台阶之上距地面有七米之高的礼拜大殿，究竟以什么样的姿态显示其与众不同？挑梁飞檐，歇山起脊，形制颇具北京故宫太和殿之势，坐西朝东，视野开阔，在最庄重的礼拜大殿前卷棚下檐悬挂"陕甘宁省豫海县回民自治政府成立大会会址"匾额，足见回民对这块匾额的重视。殿前南北五间讲堂与大殿形成三合院式布局，紧凑美观。大殿前门左右两侧砖雕图案精美绝伦，分别是笔墨纸砚文房四宝和梅兰竹菊"四君子"以及穆斯林用品的雕刻纹饰，寓意来客和穆斯林要饱学知识，做知书达理、仁义之人，像"四君子"那样雅而不俗、清而不浊。"求学是穆斯林男女的天职"，穆圣这句告诫与上述寓意之间在培养品行方面有着密切的关联，从对联“金玉其心芝兰其室，仁义为友道德为师”中，不难发现道德在规范穆斯林行为中的作用。至于“朕进唐兵移在西域，更换回军来至中国”的对联则说明回族来源起始于唐朝，这与学术界比较公认的时间是一致的，作为世界三大宗教之一，伊斯兰教从那时起进入中国被传承下来，倚靠的是穆斯林的遵行和操守，否则，中国传统文化和伊斯兰文明不可能在清真寺集中反映出来。如果说外观雕刻纹饰和文字寓意从两种文化结合上强调普遍教育的重要性，那么大殿内柱子上的另一副对联则单纯从穆斯林的角度强调“五功”和“三乘”的重要意义：“天命不敢违道，完五功方见唯一真光；人心尤宜尽理，通三乘得开百年暗幔。”“五功”，一般穆斯林都知道，即念、礼、斋、课、朝。但“三乘”，相当多的穆斯林未必都了解，其他人更是不得而知。

了解一个民族必须从其文化入手，因此说说“三乘”很有必要。“三乘”又称三程，是伊斯兰教苏菲派和部分学者依此为修炼之道，认识及接近真主的三个过程和三个等级。教乘，指一般穆斯林通过“五功”等修身途径，认识和接近真主。道乘，指通过清、廉、保、养、念等功修，弃绝尘事，严守教规，昼夜坚持，躬行实效，通过七种障碍，去接近真主。真乘，指通过明心尽性等修炼步骤，达到“浑然无我、心不纳物、唯独一主”及性与天道合一的境界。认为达教乘者，可以涉世；达道乘者，可以忘世；达真乘者，可以出世称圣。“三乘”学说，本是苏菲派的思想，在中国明清时期回族学者所写的汉文伊斯兰教译著中，这“三乘”学说则占有很重要的地位，有人甚至强调伊斯兰教之所以至贵，就在于讲明了和履行着常道、中道、至道这“三乘”。可见“三乘”说对部分回族穆斯林影响颇大。究其原因，一是苏菲派思想的输入和影响；二是中国理学家所倡明心、净性、修身、养性等功夫的影响和渗透。这副对联正是要人们注意去人欲，存天理，修行办道，明心养性，以通“三乘”，与主合一，“开百年暗幔”，充分反映了苏菲派思想与中国理学家思想合而为一的事实。大殿南院有邦克楼，北院是开阔场地，连接南北院的小月门相向而立，门楣上分别雕刻有“出入是门”和“进退有度”八个言简意赅的大字。若对其进行深入解析，非等闲之辈所能参悟透，不过从一般意义上略加诠释，实为可行。

“出入是门”中的“是”字，有人理解是“这”的意思，即“从这个门进出”。据考察，湖南省长沙有一个“出入是门”的巷子名，原是善化县学宫的正门，出入学宫需走南门。民国元年（1912年）后善化县撤并为长沙县管辖，善化学宫被改建成了学校——长沙师范学校，其创建人为杰出的教育家徐特立，第一期学生有田汉（剧作家，国歌词作者）、周竹安（中国驻保加利亚大使）、黄芝冈（戏曲史家）、曹伯韩（语言学家）、陈子展（中国文学史家）等人，黄兴、许光达也是善化县人。沾带着学宫的灵气而人才辈出的事实，证明一个人在一生中进出什么样的“门”，对其影响是至关重要的。朱镕基也是从善化走出去的。而“出入是门”雕刻在同心清真大寺小月门门楣上，是否与清代咸同年间湖南一带的回族学者蓝曦有关呢？虽无从考证，但因同属湖南人，蓝曦在深入研究理学后撰写著名的《天方正学》，指出回儒两教都是古圣相传。民国以前的善化县学宫就是儒学堂，想必蓝曦了解当时“出入是门”在善化学宫对于人们的教化作用，故而与蓝曦有联系的后来人对“出入是门”在同心清真大寺出现必定寄予更玄妙的深意。不管怎么样，我们可以想象，按常规来说，从小学至中学，从中学至大学，从大学至社会，人生中需要进出的“门”不计其数，然而出入于有利于人身心健康和教化人美好品质的门，一定是值得人敬畏之门。把“出入是门”雕刻于同心清真大寺门楣上，一定拥有进则虔诚礼拜出则善行天下之意。

与“出入是门”有着同样价值和深意的“进退有度”四个大字更令人深思。出自《礼记·曲礼》的“进退有度”其原文为：“行，前朱鸟而后玄武，左青龙而右白虎，招摇在上，急缮其怒。进退有度，左右有局，各司其局。”意思是说：行军打仗一定要讲究布阵，前锋为朱鸟（朱雀），后卫为玄武，左翼为青龙，右翼为白虎，中军置七星北斗旗，指挥调度，坚定军心。左右各有军阵，各军阵自有统管。打仗是如此讲究方式方法，做人做事也是如此，该进则进，该退则退，进退都要有一定的限度，超过必要限度，就会事与愿违。作为教育人的一种方法——进退有度，在人生长河中，凡事都要有“度”，什么事可为，什么事不可为，什么事是正义的，什么事是邪恶的，这是我们从同心清真大寺里读出的道理。同心清真大寺成为全国100个爱国主义教育基地之一、100个红色经典景区基地之一、全国民族团结进步教育基地之一、自治区首批国防教育基地之一，其根本的原因恐怕在于它的历史赋予人们和平、合作、和谐的中正思想。这是各种有利于人身心健康的宗教或非宗教所倡导的高尚理念。“途虽殊而道并无不共，语言虽异而义无不同”（蓝曦语）。不论人们持何种精神追求，人生终究会走向一个结合点，那就是殊途同归于原初状态。进化论创始人达尔文在他的《自传》里这样写道：“我相信原初的生命始于造物主，若没有一个至极的原因，宇宙就不可能存在。”

文化与梦想

驻足于同心清真大寺，我们完全有理由思考一个问题——文化到底是什么？“文化就是人类的生活方式，包括精神的和物质的生活方式。”中国人民大学哲学学院教授何光沪先生说，文化从来就是相互渗透相互交流的，这才是正常的。因此，文化不需要宣传而是需要理解。正因为如此，二十世纪三十年代，一批旷世英才以坦荡博大的胸襟，在黑云压顶、白色恐怖笼罩的境遇中看到回民特殊的文化追求和解放的需求，以具体问题具体对待的远见卓识创建了特殊的制度——民族区域自治，从此同心布满乌云的天空逐渐晴朗起来，干涸的黄土地上陆续飘洒及时雨，嗷嗷待哺的生灵有了休养生息的机会，从那时起贫困的同心人明白一个道理：与中国共产党人风雨同舟，患难与共，才能从黑暗走向光明。这是文化包容理解取得的最好的成果。同心清真大寺像个智慧的老人见证了这一过程，也摘得了无限荣光。正因为如此，我与众多参观者一样萌发了要写点什么的愿望，这个愿望越强烈越能喷溅出心仪的诗句，在《西江月·游同心清真大寺感怀》中，或许有人能捕捉到一些飞溅的浪花，那是我对人们的真诚告白：“闲邪远离污浊，存诚接近清真。常思恩泽化甘露，来去圣门出入。忍气碧空海阔，洗心明月长存。不疑身外有弦音，敬畏方能自立。”

离开大寺时，我很想知道两位文博专家是如何评价同心清真大寺的历史价值的，但是随后的行程使我没有机会加以追问，毕竟同学相见格外亲，我也没有打断她们一直谈论的话题，但是出发时我琢磨的一句话——同行者同心，非常适合于此行此景。

一个家庭同心一定会行走得更远。

一个地方万众同心一定能攀爬到既定的高峰。

一个国家的各民族同心一定会实现共同的伟大梦想。

〔2015年7月2日〕

寺口子的前世今生

2015年深秋，我们走进寺口子。那是一个秋高气爽的日子，杏树叶子红遍了山川，镶嵌在宁夏西海固交界处的寺口子格外壮美。在文博专家的陪同下，游山探访这个吸引世人眼球的佛教圣地，兴致盎然，步伐轻盈。寺口子到底有怎样的前世今生？我们期待的目光开始扫描山上山下的景点，思想的翅膀开始穿越历史。

还是从名字说起吧，这样或许更能体现对寺口子的尊重，因为宗教文化的实物表现充满眼帘。古人为信仰，在技术落后的时代大规模开山造像，给后人的启示是什么呢？脚踩青砂石追溯寺口子的历史，头顶悠扬洁白的祥云好像绽放的笑脸，让人神情愉悦，遐想联翩。

须弥山，其最初名为寺口子，而寺口子名称的由来源于一个传说。摄影师马明葆如是说：相传古时候，有人赶着一头怀孕的驴驮着怀孕的老婆途经山下时，突然两山移动，向他们挤压过来，赶驴的人情急之下惊呼道："哎呀，我的四口子！"过去一个庄稼汉拥有一头驴是非常不容易的，能够娶得起媳妇更是难上加难，因此，驴和未出世的驴崽，老婆和孕育的孩子，对于赶驴的人来说，如果遇难都是致命的。怜惜生命的两座山听到赶驴人的惊叹戛然停止了移动的步伐。后来人们将此山称为“四口子”，后取谐音为寺口子。当地人听到寺口子就会自然而然地联想到这个故事。

与寺口子并称的名字——须弥山，本来是一个名字，因为在佛教理念中须弥山另有说法而充满神秘色彩。文博专家对这个问题应该是最有发言权的。我们边走边听她说，须弥山是古印度神话中的名山，被称为众山之王、世界中心。传说中的须弥山高达200多万公里，相当于地球到月球距离的三倍。在佛经《时轮经》和藏族古老苯教创世说中均提到须弥山，认为地球是由风、火、水、土、空五种物质和七金山、须弥山等构成。而拥有风、火、水、土、空五种物质的南喀东丹曲格国王旗下有个法师把这五种物质收集起来，放入体内轻轻哈气便吹起了风，当风以光轮旋转的时候出现了火，火借风力越来越旺，于是火的热气和风的凉意产生了露水，再由风的吹拂，露珠上微粒掉落下来堆积成山，这样形成的山就是须弥山。

笔者听了插话道，那就是说寺口子即须弥山，须弥山也是寺口子了？“是的。”文博专家说，“应该这么说，不论提到哪个名字，当地人都知道是一个地方。”至于从五代、宋、西夏、金、元至明初沿袭下来的“景云寺”的称谓还是因为佛教的缘故。佛教自东汉时期传入中国，到南北朝时期已经成为全国上下争相崇信的“国教”。那时盛行开凿石窟，须弥山随后应运而生是自然而然的事。起源于印度的山崖开凿石窟，以此作为佛教寺院，便于佛教创始人释迦牟尼和弟子们在“石室”中坐禅说法。因此，佛教传入中国后继承了印度的做法，须弥山是当时在中国山崖雕刻石窟的典型代表。须弥山之所以自古以来声名远扬还因为其地理位置的极度重要性，是著名的古石门关遗址所在。在唐代，深谋远虑的唐王视“关中咽喉”之地为通往长安的要冲和门户，于是设置“石门关”，远可通西域，近可连中原；宋代怀德军驻防此地，凭借险要关隘可平夏城。

石窟，被称为古文化遗产，在中国具有悠久的历史和很高的艺术价值。与敦煌、云冈、龙门等石窟相媲美的宁夏须弥山石窟，作为中国十大石窟之一而备受世人关注，是因为须弥山石窟不仅是古代丝绸之路沿线著名的佛教石窟之一，而且是中国古代自长安西行路上第一个规模最大的佛寺禅院、中国石刻佛像鼻祖。须弥山的灿烂辉煌与其所处的地理位置有很大的关系。须弥山自北魏、隋唐以来均占据交通枢纽和战略要地，是丝绸之路东段北道必经之地，因神秘佛教文化的吸引力和当时国家推崇而成为古代极具影响力的名山古刹。

面对须弥山，我们想说的是，如果说一座山名扬天下，仅仅靠俏丽诡谲和巧夺天工而博得人们的青睐是远远不够的，只有将纯自然的山石赋予精神的艺术化，如石窟等等，才有可能在风雨飘摇的历史长河中光芒四射，须弥山显然属于这种文化的集大成者。

仪态端庄安详的大佛，身披袈裟，头梳螺髻，脸如满月似发银光，双耳垂肩足有两人高，炯炯有神的眼睛约有一人长。深情庄重的造型虽为砂岩雕凿，但更显壮观之气，也不乏温柔之情。这尊坐观天下风云变化而依然祥和如初的大佛，比山西云冈大佛第19窟大坐佛高出7米多，比河南龙门奉先寺卢舍大佛还要高，堪称北周造像雕塑精品的“一佛二菩萨造像”，在全国罕见，而且得到明朝皇帝英宗的赐名。在自南向北连绵二公里的八座山峰上，分布着150多座现存石窟，大佛楼、子孙宫、圆光寺、相国寺、桃花洞、松树洼、三个窑、黑石沟，在八个区域内各具特色，其中子孙宫集中了北魏时期的中心塔柱式石窟，还有唐、宋、西夏等各个时期的题记、壁画、石壁43处之多，是中国古代佛教艺术史上重要的遗产，是研究石窟艺术和宗教文化珍贵的实物资料。专家们经过多年的研究，认为须弥山石窟艺术的引领作用不可忽视。因为中国石窟造像在从西到东由最初的泥塑彩绘到开凿造像演变的漫长过程中，经历了塑像、彩塑、雕凿共存和纯石刻雕凿的阶段。自新疆拜城克孜尔泥塑石窟造像开始到敦煌莫高窟泥塑彩绘；从炳灵寺以彩塑为主间或石胎泥塑、麦积山石胎彩绘为主到山西云河南龙门石窟造像石刻雕凿。在泥塑和石刻形成过渡带上的须弥山石雕开凿造像完成了艺术手法的更新和定型，为云冈石窟和龙门石窟造像奠定了坚实的基础。

这些凝聚了智慧和力量的超绝艺术，成群结队地在山崖上静静守候，见惯了风雨雕琢，王朝更易。尽管战争的厮杀声如雷贯耳，却丝毫没有改变它最初的安详仪态。多少时代纷纷如落叶飘去，留下来的不朽遗迹倒是无言却有声。正因为如此，每年在须弥山都举行一些庙会，吸引众多的善男信女烧香拜佛，前来观光旅游的当地人和外地人络绎不绝，香火缭绕山间，远远地就能看见飘香的青烟袅袅盘旋，尤其是春暖花开的季节，瓜果飘香的时候，这里车水马龙，人声鼎沸。

须弥山作为宁夏境内最大的石窟群，保存了自北魏以来500余尊造像、壁画和题记，它们以实物和图文并茂的形式向世人究竟要证明什么呢？2011年6月中国首个以“丝绸之路和佛教石窟艺术”为主题的须弥山博物馆会告诉你须弥山的前世今生，不过在《词语奔跑》里，宁夏著名诗人单永珍在其著名的《石佛山》诗篇中的见解更有深意：逃离意识/在天地中央安详/姿势都在不经意间/显露玄机/其实佛与偶像无关/硝烟弥漫是精神的悲剧/沉落长风如履苍黄中/以禅的心境冷眼人生。

城堡：失落的风景

行走在西海固大地上，如果心存好奇，你就会发现，大大小小的堡子遍布不同的山头，似乎要告诉人们什么。不知堡子建于何年何月，但它可能是有钱人家为躲避土匪的侵扰而不惜人力物力所建造的在那个年月里最辉煌的建筑，好心的人家在村子里遇到土匪袭扰时为当地乡亲提供临时避难所，因此它的公益性是不言而喻的，不过，也可能与战争有关。

固原有个叫红旗的作家为了探究堡子，花费了相当的时间和精力，遍访固原境内不计其数的堡子。这些堡子的背后都有鲜为人知的故事。故事的结尾就是眼前这些失落的情景——泛黄的、掉皮的土墙体，坑坑洼洼、沧桑破败、参差不齐的历史遗存。我以为过去人们由于缺乏安全感而建造的最原始的防御方式都是有历史价值的，至少表明了历史上的战乱年月，人们生存的危机感因为堡子而有所安慰。

8月22日中午，趁大礼拜回老家海原探望父母亲之机，我带母亲、夫人和孩子在县城附近浪光，父亲不愿同行，据母亲说是要午休的，但事实上他老人家为我弟弟操心一档子有可能随时被拆迁的磨面坊的事。说是浪光其实是拉上老人出来散散心。长期以来老人在家里除了礼拜，再就是干点力所能及的家务活，很少外出，而我的意思是到南华山上看看海原县城的全貌，以便于让老人能有开阔的心情，同时能跟我们说说她过去在南华山下辛勤劳作的故事。但车已经到了五桥沟了，天空的白云团团转悠，母亲提出返回，我们不敢违抗，只好掉转车头沿原路行进至山口一座水坝处，我说看看拐弯处的堡子，母亲虽没有反对，但我们通过只有一车道的水坝路后，在一棵很有年头的大榆树下停车时，母亲和孩子没有下车，我知道她们奶奶孙子不喜欢这个古老的堡子，但我又不能错过这处近在眼前的“风景”，于是各行其便吧。

堡子，默默守候在那里不知多少年了，我也不知道它守候的原因何在，反正给人的沧桑感十分强烈，因为它陈旧破败的样子与时下的环境是格格不入的。据说打这样的堡子很费事，要把黄土用淘米水搅拌至黏稠，用石夯和特制的铁杵一层一层地筑起来，不会因为风雨侵蚀而破坏它的外观墙体，也不易生长杂草，这样的堡子任凭劲风寒霜，岿然屹立于山头。在当时人们大都居住在窑洞里，堡子可谓是最宏达挺拔的建筑了。人们远远看见它，心里就多了几分希望，说不定土匪夜袭时还能进去躲避，以保全性命和可怜的财产。如今它不再辉煌，凄凉的样子已无力再现往日的雄姿，其规模、布局、功用丝毫没有壮观的痕迹了，不过它依然以一种令人同情的形式客观地存在着，或许它并不为现在的状况而忧心忡忡，再经历多少年可能会变成土堆，但在彻底倒下之前，它依然坚强地站立着，这是它一生的使命。

〔2015年8月26日〕

嘎拉木红了，我们的心寒了

因为嘎拉木，我们曾相遇，也因嘎拉木我们不得不分手。

当我们听到“破坏”“惩罚”“批评”这些词语的时候，我们的心像被利剑刺痛一样，让人无法接受！我们费时费力倾力宣传嘎拉木的美好愿望被质疑为“意欲何为”！孩子们和个别好奇的朋友们的手中不就拿了几枝嘎拉木吗，至于让人群起声讨吗？在此之前嘎拉木作为牧羊草被无情践踏的时候，谁曾关注过？！

说到这里，有人会说，离开你们这个地球还不转了？是的，嘎拉木不会因为我们的离去而黯然失色。当地那些善良、包容、吃苦、耐劳的乡亲会自发地行动起来对嘎拉木进行保护，嘎拉木的未来是美好的。在与嘎拉木相近、相识、分别的时候，我们想到了撒台村、王家树沟那个白胡子老人家，他给我们当向导，给专家们介绍嘎拉木及古城堡、没烟峡、荡羌寨的故事。还有热情、大气、能干的村主任前后两次无私地给我们提供方便和帮助，在此一并表示由衷的感谢。

“清净低眉思旧雨，真诚抬眼望新空”。当这句诗在庐山上被顿悟出来以后，我与我的朋友们一直在思考，在何方立地而“望新空”，在什么环境中能够让人“思旧雨”？在王家树沟与嘎拉木零距离接触的时候，我们找到了答案。相比以后怀有诗情画意的文人墨客莅临时，也能体味“清净”和“真诚”背后的真正含义。因为南国曾因唐朝诗人王维的《红豆》诗而使人们知道了什么植物最让人“相思”。如今随着嘎拉木的问世，北国的“红豆”应该说诞生了！它同样具有相思的情愫，热爱家乡，思念亲人，是嘎拉木的应有意义。不仅如此，嘎拉木以“自食酸甜来厚祚，历经苦辣方常驻”的志向，低头扎根，抬头微笑，象征着我们西海固人在人类生存的高地上坚强不屈顽强拼搏的精神，象征着我们西海固人在干事创业的热土上不畏艰难奋发有为的精神。

这美好的、充满神奇的精神力量被挖掘出来的时候，个别的甚至是说话很有分量的人却给我们当头一棒，让我们傻了眼，我们的心开始流泪，但我们从嘎拉木身上学到了坚强。有老话说，道不同则不相为谋。既然如此，我们选择离开。不过离开只是形式层面的，并不意味着我们与嘎拉木诀别，我们会一如既往地关注嘎拉木，亦如关注我们的健康一样。我知道撒家台、王家树沟有我们多年的朋友，每次回家路过那里时，我会回眸凝望。

嘎拉木红了，相信无言的嘎拉木不会忘记我们的。

〔2016年7月30日〕

蓝天白云下的南华山

在人们记忆中什么山因形状酷似莲花而得名莲花山？在人们的视野中什么山因春秋落雨成雪而得名雪山？在宋夏时期什么山与西华山合称天都山？在人们的印象中什么山堪与贺兰山媲美？带着这样的疑问，我们走进了南华山。

在海原县境内的绝大部分地方的老百姓每天出门，从不同的方向都能满心欢喜地看见它，就像脚习惯于合适的鞋子一样自然而然——它就是南华山。作为六盘山的余脉，它与西海固根脉相连，即便是1920年“海原大地震”那样毁灭性的灾难都没有割断它的脉络，破坏它的走向。

南华山，从东南向西北在海原县境内以平均海拔2600米延绵35公里，其主峰马万山尤以海拔2955米的高度而雄踞期间，方圆42万亩的占地面积，绿色覆盖，花草繁盛，百鸟争鸣，与大都市相距甚远的地理位置和世外桃源的安逸氛围，深深地吸引着历史上西夏李元昊的目光，他为此建立了避暑行宫，我们仿佛看见他英姿勃发跃马纵横于密林草滩游玩涉猎的情景。

南华山，自古就适合于放牧游猎。天然优美的环境造就了水草肥美、牛羊成群、战马剽悍。蓝天白云之下，山坡上绿油油的，拿着长鞭子的牧羊人摔打出清脆、响亮的声音，在山谷此起彼伏地回荡，大概“天似穹庐，笼盖四野。天苍苍，野茫茫，风吹草低见牛羊”的诗句就是描述这种场景的。那种“刀枪入库，马放南山”和平安逸的日子，在南华山尽情地抒写着连绵不断的故事。这些故事中最具传奇色彩的当属水冲寺拱北，常年有人固守从不间断，每年点香念“索尔”的信众络绎不绝。听老辈人讲，一个在海原县城赶集的老者逢人边说某日到水冲寺送“埋体”，他衣衫褴褛，精神矍铄。当人们依其所言如期赶到水冲寺时，惊讶地发现了“归真”的亡人正是赶集的老者。这个故事一传十，十传百，流传至今，教育人们懂得了“天外有天，人外有人”的道理。

南华山，是海原人心目中最圣洁的山，也是水源涵养地。喝着南华山五桥沟的水长大的人从小就养成了吃苦耐劳和坚强不屈的秉性。60年前的夏秋季，一个十五六岁的少年为了生计，与一群羊朝夕相伴，在南华山上过着清苦寂寞的放牧生活。迎着阳光早出，踏着霞光晚归，但有时早出而不能晚归，因为大雾封锁的时候，五步之内抬头不见天空，低头不见羊群，这时最担心害怕的就是夜间狼群的袭击，于是羊群依偎在人周围，人蹲在羊群中间，相互壮胆，抵御迷茫中的恐惧，眼睁睁地等待天亮时大雾消散，这种放牧的日子是那时候农村孩子开始迈向生活的开始，至少我的父亲是这样的。南华山原生态的自然风光还演绎出一个经典的老鹰吃骨髓的故事。

今年与父母亲从西吉亲戚家返回海原途经南华山，父亲给我讲了他当年经历过的一件事。他说小时候在山上放羊时，那天是晴天，羊在吃草，他站在山坡上远远看见一具被老鹰吃剩的马骨架子，马腿骨坚硬，老鹰无法吃到里面的骨髓。说到这里，我疑惑不解地问父亲："老鹰怎么能吃到骨髓呢？""你看那下家（方言）能不能，翅膀几扇，爪子把骨头提起来，飞得高高的，在空中盘旋了几圈，选中了一块大石头，端端地丢开砸到石头上，骨头裂开了，然后飞下来，吃到了骨髓。"父亲说，"我看乃比人还聪明，翅膀大得很，有两米多长，爪子也尖得很，能把羊抓起来。"父亲放了几年羊，有机会和时间近距离接触南华山主峰马万山，他说马万山上不容易上去，那里空气稀薄，但是他上去过。我想父亲小时候就有过攀登高峰的经历，大概是受他的影响，我到外地上学以至后来工作出差，凡到一地必登当地大山，以此训练攀登人生高地的意志和勇气。我父亲小时候在南华山放羊，我小时候也放过羊，不过那是在放学后城外我们队里的地头水渠边。水渠边的冰草长得茂盛，羊很喜欢大口吃这种草，吃饱了就地喝渠里的水——南华山流淌下来的生命之水。

羊的肚子鼓起来了，而我的肚子却像秕谷子一样。于是捧起水美美地喝上几口，以缓解饥肠辘辘的闹腾。那时很羡慕羊有草吃有水喝，而我就没有这样的待遇了，更不必说父亲在南华山的境遇了。很难想象父亲在南华山上放羊时是靠什么生活的，但热冷无常、风霜雪雨的南华山给了父亲战胜苦难的力量，这种力量伴随他一辈子吃苦耐劳。我从没有在父亲那里听到过一句埋怨生活不公的话；也没有听到过父亲面对极度苦难的日子叫苦叫累；更没有听到过父亲因为拉扯我们弟兄们成长成才放弃让我们上学读书的念头。

任何山都是有高度的，而南华山的高度却是异乎寻常的。我时常想，一个人一生有机会游历祖国的名山大川，那是再好不过了，不过走出的路要有高度，最好是从攀登家乡的山开始。

隆德散记

昨天晚上招呼一些朋友吃饭，第二天睡了一上午的懒觉，原不打算出门，但是我的朋友正福说他去隆德次数多了，发现了一些拍摄的景点，因为都是摄影爱好者，所以我顺口就答应了。

意外收获

从固原城出发走隆德无论沿张易路线迂回还是顺开城路线高速直达，都能到达目的地。不过从张易进入隆德需要翻山越岭，有点费事，但我们选择费事的路线考虑的是摄影，因观堡乡境内大面积的花卉，在蓝天白云的映衬下显得分外妖娆。

几天前经雨的洗刷和滋润，这些很有观赏价值的花卉，个个亭亭玉立，朵朵异彩纷呈，连成一片便成了花的海洋、快乐的世界。它们与河流、村庄和连绵翠绿的山交相呼应，构成了眼下乡村不可多得的风景，让人心旷神怡。

在隆德境内的这块肥沃的土地上，当地勤劳的农民不仅学会了用花卉美丽山川，而且在靠近低洼的台地种植了大面积的玉米、胡麻等经济作物，使其看起来很有层次感。这些撩拨人心的东西，得益于附近西吉县谢寨水库的功劳。

一群毫无顾忌的年轻人光溜溜地在水库里耍水，饱满的轮胎瓤子足以使两个成年男子漂浮在水面上，胆小的在岸上溜边，会游泳的则在水里翻上翻下，来去自由。站在水库坝沿上，近观水面波光闪烁，远眺悠闲白云下鲜花攒动。如此空旷而又惬意的乡下游，空气仿佛都有几分醉意。

意外收获，不仅仅因为这里很热闹，而且还有疲劳后放松的好心情。

偶遇荷花

高贵的荷花落脚于隆德的笼竿城公园实在是出人意料。与荷花不期而遇大概与“泉泄千年倾吐春秋故事，苑辉一色丹书世纪华章”的对联有关，驻足欣赏镌刻在公园门柱上遒劲而飘逸的书法时，正福说，这里有荷花可以看看。

我知道荷花出污泥而不染的品质正好是君子所追求的，于是，就进入园内。发现围绕亭榭、走廊、拱桥的中间地带有一个不大不小的水池子。水池子里漂浮着一些圆圆的叶子，有些围在一起，有些零散排布，玉立于叶子上面的荷花着实可爱。正午的阳光火辣辣的，洒落在荷花上有些刺眼，偶尔一阵微风却使她频频点头。几尾小巧的鱼儿在荷叶下面游来荡去，似乎也怕太阳的光捕捉到它们。这一切并没有引起池塘边上三个年轻人的注意。长条凳上坐着一男一女，女的打着小花伞，旁边放着吉他，眼前地摊上摆放着一些零碎物件，好像是女孩子们用的，等待买主讨价还价。后来又过来一个戴眼镜的小伙子坐在长条凳上，看来他们是一块儿的。他们衣着简单大方，举止温文尔雅，相貌淳朴自然，一看就是大学生。他们三个在不同的大学不同的专业学习，假期回家没事干，搞点社会实践，体验一下生活，荷塘边，他们与荷花互为风景。女学生还热情地跟我讲她是学中文的并且写了一部小说，我很惊讶她已经取得的成绩，看得出她已经在文学的领地里徜徉。我不想说西海固的土地上为什么到处都有文学的种子，但是贫瘠的土地并不能阻挡人们热爱生活的激情，那些满含诗情画意的情景也不专属于多么有名的人和地方。小地方同样能成就人才，何况隆德是“中国书法之乡”“中国现代民间绘画画乡”和“中国文化先进县”。这些殊荣的背后肯定有很多鲜为人知的精彩故事，或许他们中就有故事的传承者和演绎者。

隆德，曾经的笼竿城，如今的荷花池边，三个拥有美好青春岁月的人，正是与梦想比翼齐飞的时候，相信他们的未来一定如荷花般绚丽夺目的。

十八道弯

离开隆德县城，赶到位于隆德和泾源交汇处的西峡时，已经下午四点多了。那里峻岭重叠，绿意盎然，空气清新怡人，白云悠闲自得。西峡在隆德境内的延伸山脉，我不知道叫什么名字，但其壮观的程度胜于西峡，因为一些惊险弯道，站在高处望去，有点毛骨悚然的感觉，我们把它命名为十八道弯并不为过。

从山上制高点至山下河谷，本来是没有路的，但是这里是从隆德进入庄浪县的必经之地，所以就有了路。一条满是褶皱的水泥路已经有些岁月了，七扭八歪，路面勉强为两车道，在阳光的照耀下，明晃晃的似长蛇穿行，弯道两边被无拘无束的野草包围得严严实实，只有在高处才能欣赏到它的曲线之美。急转弯一个接着一个，而且有几处悬石有可能随时问津，其中一处转弯道旁已经霸道地坐着一些或大或小的乱石，像拦路虎一样怒视来客。车辆缠绕在弯道上必须低速慢行，否则深沟的草丛足以掩埋掉你的存在。如遇会车要特别小心通过，快慢之间不出意外就看你的技术了。不下山不知溪流之清，不上山不知天空之阔。

上山不易，下山更难。人生在世，进得了深山老林颐养心志，上得了万丈高峰仰望天空。

情系锅锅炉

锅锅炉，这个在记忆中无法抹去的历史印记，到了我们的孩童年代却是训练生存的一种手段。从中体验其无穷快乐，成了被贫穷缠绕着无法打发日月的为数不多的游戏之一，然而它可能是人类最初生存发展最复杂最先进的生存方式。如今人们衣食无忧，却多了几分忧虑和烦恼，那是因为他（她）忘记了生命开始的那些点点滴滴，还有……

出行疑惑

中午出发时，天空是晴朗的。

不知道我的朋友葫芦里卖的什么药，由于摄影的缘故，我知道郊区哪些地方更方便去。车行至半路上倾盆大雨突然降临，我继续前行，他在后面跟进。我想，完了，这么大的雨，他的计划恐怕就要落空了。

八个人分乘两辆车。有的是从外地赶来办事的；有的是上班上累了，需要通过休闲缓解疲劳的；还有一个考上了公务员却不愿去报到正在和家长闹别扭的。平时都很忙，正好是大礼拜天，赶上大家都休息，所以难得一块儿出行。

青翠的山在路两边往后延伸，大雨一会儿就被远远甩开了，前面有条岔路是水泥路面，我们从那里拐进去时，没有任何雨滴浸润。尽管村庄里稀疏的旧房在眼前一晃而过，但是车子穿过扬起的尘土，说明这里前几天肯定下过大雨，把山沟里的泥土冲刷下来淹埋了路面，太阳晒后，路面经车子碾压，后面的尘土顿时飞扬起来。

选择一个合适的地方需要往山里前行，因它的条件太苛刻。僻静无人烟，有干草或枯树枝，还要看风向和地势，不能污染环境。我的朋友早上通知我时，我就有几分明白，从他车上所带的东西来看，洋芋、玉米、红薯，把这些食材变成能吃的，恐怕与我们少时玩过的把戏有关。至于三只生鸡，如何把它弄熟，我更多想到的是烧烤。

童年回顾

那时候的孩子几乎每年假期要么帮助大人给生产队放牲畜，要么给自家放羊。每每这个时候都要偷偷地寻找一些干麦草，待到羊只或牲畜找到合适的地点吃草吃稳当了，便开始忙乎烧锅锅炉的事情。这个带有原始生存方式的把戏，不知道南方的孩子是否尝试过，反正在大西北，几乎在农村生活过的孩子都亲自动手领略过它的无穷乐趣。

说到生存方式，肯定与吃饭有关。尽管人们吃饭的方式千差万别，但要把生米做成熟饭，在年龄很小的时候无疑是一种挑战。对农村孩子来说，做饭是最基本的生存技能，相当多的孩子最初学做饭，就从烧锅锅炉开启生存之旅的。至于三位女士，除一个由白发苍苍已退休的老公陪伴的家庭主妇而外，其余两位都是高级知识分子，且都有非常美好的职业梦想。这三位无疑都是从农村出来的，对烧锅锅炉是熟悉的，但小时候不一定亲自参与炮制锅锅炉，因为在农村，烧锅锅炉基本上是男孩子的专利，而女孩子一般是不能参与的，尤其是十来岁左右的女孩子更不能与男孩子一块儿玩耍，如果大胆的女孩子参与了，就会被认为是不合礼俗有伤大雅，时常会被人说三道四，甚至会说："你看那是谁家的女子，大楞楞的，和儿子娃耍啥着呢？那将来谁家还会要。"如此等等的言论会在乡村社会不翼而飞，传到父母亲那里肯定是一顿无情打骂。我不知道这三位女士是否有过这样的遭遇，但从她们的言行上判断，她们小时候一定是很乖爽的。那个考上公务员的小伙子因为父亲工作的缘故，从小是在城里长大的。他勤奋好学，从重点大学毕业后今年考上了凤城某单位公务员，他的愿望是在北京发展，为此与父母亲一直在斗争。他在放弃和坚持之间左右徘徊。他自从被叫回来后窝在家里生闷气已有些日子了，看起来有些憔悴，但不失帅气而富有智慧，说话礼貌，做事麻利。做父亲的眼看儿子日渐消沉，心如刀绞，于是把儿子牵出了家拽上了车。当然这个小伙子根本不清楚烧锅锅炉是怎么回事。年轻人都好奇，就让他好奇一回，也便于转移他的视线。

烧锅锅炉，从准备干草到把锅锅炉做起来不仅需要一定的技术，而且要按照一定的程序进行。小时候，洋芋种植的比较多，洋芋的吃法也五花八门，烧锅锅炉是其中的吃法之一，不过其操作地点是在野外而不是家里。那个年月也只有洋芋这种百吃不厌的粮食养育了我们这些农村出生的人，没有它的历史性贡献，我们在当时恐怕就会奄奄一息，也不会走到今天的。到现在为止，我们的饭菜中如果没有了洋芋那将是多么可怕的事情！至于种植量较少的玉米，一般生产队看管得比较严，轻易弄不到手，至少在我的经历中没有把玉米在锅锅炉中烧制过。红薯片是供应的，也比较少，当时是救济粮，没有见过现在市面上大量销售的红薯。因此，玉米、红薯这些珍贵的充满诱惑的粮食，在儿时是一种奢望。几十年后我们要用烧锅锅炉的方式重温那个无忧无虑的孩童时代，心里充满期待。

山区好多地方都冠以某某沟、坎、墚、峁、嵝崄，或是某某坡、塬、堡、庄、河湾的名字，还有疙瘩、扁担、月亮等象形地名。离奇古怪的，听起来很亲切。我们在一个叫什么塬的山沟里停顿下来。仰望天空云卷云舒，担心雨落山中搅了我们的“美事”，可能是因为我们中间有贵人在此，至活动结束返程，雨始终没有滴落下来。查看四周，山脉走向纵横交错，疯长的杂草足有半人高，绿色植被和泛黄夏粮铺满了山野。附近几处破旧的老院落被榆树、杨树和苋麻包围得严严实实，里面的房子因为没有人住而显得的荒凉寂寥。我们选择了在距离旧院落不远的山坡上一个裸露的土坎子处安锅设灶。

生存演练

一路上最令我们发愁的是在哪里弄些干柴火，没想到山沟里跌倒的枯树枝随处可见，败落的陈年杂草一堆一堆的，像是在等待最后的燃烧。安营扎寨后的第一件事就是挖锅锅炉。锅道不宜过长，锅肚要大而圆，便于聚集热能装更多的烧制品。锅上部要掏挖一个圆洞，其大小要考虑两个因素：一是锅肚的大小，二是垒土块的多少。太大，不利于土块层层收拢；太小，达不到一定热能。从圆洞的四周往上垒土块时要十分小心，自下而上，层层设防，环环紧扣，否则垒到半截土块掉落，会破坏人的好心情。这样的沉痛教训，小时候曾频繁地发生过。几十年后重操旧业，希望一次成型，结果如愿以偿。说明亲身体验过的活动，脑海中的记忆是永久的，相比专注于其他事情最好是亲历亲为。从美观和牢固的角度考虑，自下而上的土块是从大到小，从外而里的土块是外大里小，层层围砌，慢慢收缩，最后形成金字塔状。垒锅的土质没有过多的讲究，反正不能太松软，但可以坚硬一点，甚至我都见过别人用石头垒的锅锅炉。只要食材、柴火、土块、工具齐备，一个人就能完成，否则就要依靠配合了，不是说众人拾柴火焰高嘛。一般而言三人为众，我们这次同行者有八人，动手操作的只有我们三个把式，也算是富富有余，其他人是帮忙兼观摩。忙乎了近一个小时，其中烧火的时间要长一些，因为“金字塔”的土块要烧红需要旺火，火小了烟大，土块黑乎乎的温度上不去。待到土块几乎红透时，把洋芋、玉米（有叶皮）、红薯放进锅肚里，然后将土块捣进锅肚，让其在锅底的高温余火、烧灰和上面捣下的土块上下夹击下，改变牛头板犟的傲慢态度，接着迅速用四周散土填埋踏实，不要让烫土冒出热气来，以感觉没有热温为宜。

一切工序完成后，我还有一个担心：一锅闷烧三只鸡能否烧熟？我的朋友在这方面可能很有经验，他来时就备好了包鸡的金箔纸，并且还有调料。我们共挖了两个锅锅炉，其中一个是用来对付三只鸡的，我对锅锅炉烧鸡一事一无所知，就看我朋友的技术和我们的运气了。当然操作的方法如前所述，唯一不同的是，对于鸡的包裹一定要严实，两个小时后，意外发生了。

分享成果

分享第一锅里的洋芋、玉米、红薯，给大家不同以往的感觉。吹掉烫手的浮土，剥去焦皮，鲜嫩而冒着热气的洋芋等霎时勾起了我们强烈的食欲，那个孩童时代的情景一下子浮现在眼前。生活在黄土地的农村孩子们，迈着老茧纵横的脚丫子，活蹦乱跳于田野河湾，与自由的牲畜和羊只共处一地，各美其美，美美与共。对于锅锅炉里出炉的热洋芋蛋，你争我抢，笑语欢天，惊呆了吃草的老驴，竖起长耳朵静听欢闹的声音，吃饱了野草的小羊羔奔向母羊，依偎在母羊身旁警觉地扬起头凝望。如今唯一缺少的就是这些了，但是那吃洋芋的神情、啃玉米的惬意、咽红薯的憨态，依然是当年的模样。

不过，掏挖第二锅时，鸡肉经闷烧在揭开土层的刹那间就飘出了香味，看样子是烧熟了。但是意外却不期而至。这一锅烧砸了！我心里嘀咕道，煮熟的鸭子基本上飞了。小时候用此法炮制时根本就没有这个项目，平时在家里能够闻到一点鸡肉香味也是很难得的，而往往都是在过重要节日时，家里才把喂养的鸡请人宰了，煮熟削成一片一片地盖在烩菜的碗上，孩子们是轮不上吃鸡肉的，顶多修理一下别人吃剩的鸡骨头，不是大人心狠，实在没有足够多的鸡肉给来客搭烩菜。能吃上鸡肉那是对未来生活最美好的梦想！眼前的情景让人浮想联翩，太可惜了！除了一只鸡完好无损适宜享用之外，其余两只被浮土熏染得无法入口。鸡肉和土黏合在一起不像洋芋、红薯那样可以把土吹掉继续下咽，尽管用携带的矿泉水进行仔细清洗，勉强可以吃，遗憾的是味道发生了变化。事后总结这一教训时，有人说在三个环节出了问题：一是下锅前包装不严实，二是下锅后放置不规范，三是掏挖时不小心。不管怎么样，有了这次的锅锅炉烧鸡事件，给人生留下回味的远远超过事件本身。

打扫战场

此行即将结束的时候，天空的云彩已从舒缓渐变为翻滚，快要下雨了。打扫战场清理垃圾，不能少了这个最重要的环节。既然我们与大自然亲密接触并给我们带来了快乐，就让它干干净净、神清气爽地回归本初状态——回填土坑，收拾杂物，大包小包带来了什么就带回什么。不要让一些白色的垃圾染黑了人们的文明，我们义无反顾地做到了，心安理得地离开是为了具有同样情结的人再来。

这里的“动物世界”更精彩

——宁夏固原炭山石岘子象形石发现记

一

公元2015年，从深秋红叶遍布山野的时候开始，我们探寻炭山石岘子的步履并没有只停留在道听途说上面，而是在最初的印象中搜寻一些以往的线索，通过实地考察看能有什么重大发现。事实上我们大有收获，但尚有遗憾，因此，再次于同年隆冬不太寒冷的一个大礼拜天亲临。

尽管山的阴洼杂草堆和枯枝败叶上面攀附着一些残存的白雪，正是这些白雪把石岘子点缀出了斑驳的模样，而阳洼沉浸在阳光沐浴中，偶尔有鸟鸣声传来，一些野鸽子成群结队飞来飞去。阳洼是看不出来曾经下过雪，拨开杂草能见到新绿叶从根部冒出，于是很让人怀疑冬天的无力。秋天我们来的时候，石岘子的颜色以深红或紫红为主，阴洼和阳洼没有明显的不一样，但是冬天可是阴阳两重天，界限从山顶部往下一线作为分水岭，阳面暖和，阴面阴冷。

黄土高原上的山从深层到地表大都以土质为主，但是以石质为主的山至少在西海固来说并不多见，而介于海原和原州区境内的炭山石岘子，不仅深层上完全由山石构成，而且由于多年的风调雨顺把整个石岘子调养的草木茂盛，空气清新怡人，地表覆土几乎被杂草树木淹没。更为特别的是，或登高于山巅，或穿行于弯路，或举步于山间，只要将敏锐的目光从不同的角度扫描，每每都能有最新的发现——象形石。惊叹之余，我们的疑问便在心头萦绕：是什么力量造就了这里的山石，使其栩栩如生，酷似各类动物的造型？

生活在西海固大山里的人，很少有机会去大地方的动物园里领略各类动物的风采，但是他们在纯自然的环境中见过的动物也不在少数，如野狼、狐狸、兔子、野鸡、青蛇等等。不过奔波于生计的人很难关注这座山，特别是那些山里的石头，总认为那只不过是些普普通通的石头而已。即便是偶尔“欣赏”一下石岘子，心里也是酸楚的。他们认为越看山，山越大，于是走出大山的脚步就越缓慢，山外精彩的日子也就离他们越遥远。不过他们津津乐道于不知什么时候流传下来的两则故事，明显地看出他们为改善生活而向上滚动的坚强信念和鄙视贪婪，崇尚勤劳致富的价值观。

二

相传石岘子有三兄弟，分别叫石老大、石老二、石老三。一天，这三兄弟深感久居山谷寂寞无奈之苦，希望能够爬上山顶看看这山到底有多大，山外的世界究竟是怎样的，同时约定谁首先到达山顶谁就是“镇山之王”。三兄弟登高望远的想法与当地老百姓流传另外的一个传说正好不谋而合。说的是炭山这个穷苦的地方自古以来很少有在山外做官的，原因是石岘子山上有个硕大的缺口，限制了这里的发展，如果有大石头填充了这个缺口，炭山这一带以后会出一斗黄米那么多的官。老百姓期盼出人才改变家乡面貌的美好愿望是合乎情理的，但是石头三兄弟希望做“镇山之王”改变自己默默无闻的处境也不无道理，况且上山之举可以收到一举两得的效果，三兄弟为此充满信心。一天夜里，石岘子鸦雀无声。三兄弟开始向山上爬坡追赶，因为各自的体重不同，爬坡的速度和付出的努力也不一样。石老大是最大的石头，因为有自知之明，克服体型庞大行动不便的缺点，选择了稳扎稳打步步为营的策略，尽管起初落在最后面，但是后来走在了最前面。而石老二和石老三体重相差不多，对爬上山顶不屑一顾，因此走走停停，戏闹不止，玩心有余，竞争不足，一会儿你超过我，一会儿我超过你，这样反复交替前行。但是到了半山坡时，再也没有赶上石老大，因为越往高山越陡，它们跳跃式前进更加困难，如果再不改变策略将有可能前功尽弃滚下山，于是它们匍匐着继续爬山。就这样折腾了大半夜，临近天亮时，一个附近村庄的村妇要回娘家，途经石岘子被眼前的一幕惊呆了，不由自主地喊了一声：“啊呀，妈呀，石头要上山了！”随着村妇的惊叫声，石老大一个箭步到了山顶，石老二和石老三先后落在山坡上，三兄弟被永远定格在原地。后来石老大在最高处傲视山下和山外，如愿以偿做了“镇山之王”，同时也填补了石岘子山上的“缺口”，从此当地“吃皇粮”的人逐渐多起来。为了纪念石老大的功绩，每年都有人到石老大旁边宰牲祭奠，至今石头旁血迹清晰可见。后来也有人说石老大是“飞来石”，相比更加传奇吧。我们看到的石老大身躯庞大，稳如泰山。至于它是爬上山顶也好，飞来也罢，有关它的传说尚需科学论证。而石老二和石老三以不同的动物形象定格在山坡上。

与三兄弟爬山的故事同时流传下来的还有买羊的故事。

据说，一次一个村夫途经石岘子，发现半山路上有一只羊在叫唤，心想去山下赶集正好腰包里没钱，何不把它抓去卖了换点钱花，他左顾右盼，见四周无人，于是就顺手牵羊下山去了。半路上羊说：“我是鬼，不是羊。”村夫说：“是羊是鬼，我把你卖了换成钱再说。”村夫到了集市上如愿以偿，卖了不少钱，购置了些家用，兴冲冲回家了。过了些时日又逢赶集，这个村夫又从石岘子路过，同样的好事又出现了，一只与上次一模一样的羊在路边吃草，听见有脚步声就抬头张望，村夫二话不说就逮住羊。羊又说：“我就是你上次卖掉的那个被你认为是羊的鬼。”村夫贪婪地说：“反正逮住你是我的财运，不管你是羊是鬼，只要能换钱就好。”说罢，牵着羊继续赶集去了。后来被村夫两次卖掉的羊又回到了山上，变成了石羊继续在山上以吃草为生，而那个村夫从此一贫如洗，再也没有翻过身。令人惊奇的是我们在山上转悠时，确实发现了石羊。它们看起来膘肥体壮，在草丛间、石缝中，或抬头注视，或低头吃草，形象逼真、活灵活现。

由于受这两则故事的影响，我们观察到的石头似乎更多地具有泛形象化的造型。这些象形石演绎的精彩片段增添了“动物世界”的趣味性，也正因为如此，它们等待有心人的发现并告诉人们：这个世界上已经发生的或正在发生的事件都有其合理性，这也印证了黑格尔所说的凡是存在的都是合理的命题。为了叙述的方便，我们采用了拟人的手法并在赋予逻辑意义的前提下，尽量使那些象形石符合现代人的兴趣爱好，以便鼓励人们亲近大自然，做勇于探索和发现的有心人。

三

上山的大象迈着坚实的步伐，似乎在山脊梁上蠕动，旁边的小象学着大象的样子，慢悠悠地跟进。而吃饱了没事干的小狗卧在能看见大象的阳面坡的石头旁，将头放在石板上酣睡的样子，着实可爱。与小狗不同的是那只饥肠辘辘的熊睁大了眼睛从两块巨石的夹缝里出来觅食，它也许看到了山坡上吃草的羊——那个传说中被两次卖出去又奇迹般出现在山里的精灵，熊要瞄准它怕是要当心自己的牙口。这只胆大的熊由于贪心远离了它的同伴，越过领地，穿过山路，到了另一个山头，它似乎要大吼一声以告诉同伴它所在的位置，但是想来还是默不作声的好，说不定美餐就在附近，它这样想的时候，它的同伴在山的另一侧稍微平坦的草地上嬉戏玩耍，看样子是吃饱了撑的，好消化消化。熊的行踪被爬在山顶上的蟾蜍一览无余，两只关系要好的蟾蜍为此窃窃私语，而刚探出头的海豚——这个只在海洋和大河里折腾的游子，在蟾蜍的周围出现，也许是太急于要看到这一幕，纵身一跃，惊呆了看熊笑话的蟾蜍。还有不远处侧耳静听山上动静的老鹰，它是不屑于对蟾蜍发起攻击的，它永远的美食就是兔子，因为在运动中捕捉奔跑的兔子，才能训练它敏锐的眼力和抓获能力，因此它的注意力集中在兔子身上。我们虽然没有发现酷似兔子的石头，但是老鹰可能听到了兔子在草丛中蹿行的声音。

俗话说："山中无老虎，猴子称霸王。"但是这座山中的老虎既无霸气，猴子也不能称王，原因是石老大不仅在传说中已经"君临天下"了，而且事实上石老大以巨大的身躯占据着制高点，默不作声，但威力足以让老虎小心翼翼。老虎轻手轻脚地上山，唯恐被石老大发现而命丧黄泉，于是在草丛中半掩着肥硕的身躯，低着高傲的头，若不是脊梁骨裸露在外面，很难认定它到底是什么另类的东西。不过老虎的举动却让猴子心生怯意，胆小怕事的猴子一改往日看别人脸色蹑手蹑脚行事的做派，反而站在山冈上一直以观察别人尤其是老虎的可笑行径为乐，在阳光下看热闹看得不耐烦了，偶尔也会抓挠痒痒，隐藏不深的虱子被逮住了，扔到嘴里塞牙缝，也不失为一种自娱自乐。但是它有时候也很烦那条总是在草丛中窸窸窣窣蹿来蹿去的蛇，即便是蛇把它讨厌的头伸出来张望，也要把瘦长的身躯隐藏在草里，这种偷偷摸摸的小人之举，真是讨厌至极，很多时候蛇竟然在猴子周围骚情，吵醒了打盹的猴子，真想拍它一砖，可就是下不了手，猴子也有心慈手软的一面。

乌龟虽不与猴子说话，但它对“猴子掰包谷”的故事还是记忆犹新的，不过它不会像猴子耻笑老虎那样耻笑猴子。乌龟爬行的速度人人都知道，但笨鸟先飞的古训深入骨髓。因此，它通过努力所到达的位置在猴子之上。乌龟平日最佩服石老大，因为它们同属于那种不被看好的弱者，但事实上最后都成为“成功人士”，尽管世人都将它作为骂人的典范——乌龟王八蛋，但是它谦虚谨慎不骄傲的秉性决定了它的命运是不会差的，它有这样的信心。唯独令它不寒而栗的是，它不敢抬头仰望山顶上那个硕大的脚印。脚印的主人自从一脚踩踏到山顶后好像完成了历史使命一样，顿感鞍马劳顿困乏无比，于是寻了一处阳光充足的地方呼呼大睡了。它担心有朝一日那个脚印的主人突然苏醒过来，包括它在内的所有山里的动物都会心生恐惧。它本与海豚等伙伴同为海洋里的生物，但是海洋里并不安全，它曾经遭到过无理踩踏，从那时起它一直害怕脚印，于是逃到石岘子来寻求避难，没想到石岘子的脚印更可怕。或许这个脚印对它没有恶意，它可能是神经过敏了。它很想知道石老大对这个脚印的看法，但它虽与石老大都在一个山里，却始终没有机会晤面。它这些年没日没夜地努力，就是想乘那人还没醒来，与石老大见上一面，因为它相信只有石老大才能解开它的心结，否则，它会抑郁而死的。

话说那个睡觉的人，他沉睡是为了精神抖擞地醒来，他无意留下的那个脚印就是让众动物们在他睡着的时候有所醒悟和敬畏，看来唯独乌龟一直为想要个答案而拼搏，其他的动物都冥顽不灵，对于脚印的存在，众多的动物视而不见充耳不闻，继续我行我素，自由自在地过日子，多年来没有丝毫的进化，既然这样就由它们去吧。

四

至于明万历年间在山半腰重修的许多石窟，从布局上来看，规模还算宏大，高低错落有致，石洞大小不一，连接上下左右石洞的是一些石阶，而这些石阶并不是单个的石块，而是依山势整体斧凿而成，现在沿这些石阶攀爬到石洞是十分危险的。在一处深约十米，高达三米，宽超过四米的石洞里，我们发现了安放佛像的石座，但佛像不知何年何月叫何人搬走或砸坏了，旁边石墙壁上雕刻的石碑有一米多高，其竖刻“皇帝万岁万万岁”的文字清晰可见，其余碑文或脱落，或破坏，已无法辨认。另外，还有好几处或大或小的石洞，其中的一间石壁上有明显烟熏火燎的痕迹，可能是当年僧人住过的地方。这些石窟于30年前就已被当地文管部门普查到了，但是直到7年前专家才初步认定其为北魏时期建造，而且据说要早于须弥山石窟，后续再没有对其进行专门研究。

从现存石窟的一些文字和规模来推想：过去这个人迹罕至的穷乡僻壤，有一些笃信神灵保佑的人，希望远离尘世安心静修，以期达到忘我并进而普度众生，于是不惜时光流逝而开山凿洞，礼佛烧香，木鱼声漫，孜孜诵经，过着含辛茹苦的僧侣生活。他们或许在闲暇之余到山上结伴转悠，看那些已经造化成为像动物一样的石头在他们眼前晃悠，而倍感亲切和安慰。然而天有不测风云，从北魏至大明朝，他们避世静修的日子如果说是和平的话，那么他们从什么时候开始凄苦无比，以至于寺毁人亡呢？不过，在那个大炼钢铁的时代，听说这里又来了一些狂热的人把这里吵闹得无法消停，或许正是这时候，人去洞空的石窟再次遭逢劫难是合乎时代情理的，好在现存遗迹可以使人有机会展开联想。而石窟上方的脚印和沉睡的人物形象莫非是要告诉后人什么，我们不得而知。

人类活动过的遗迹总有一天会被发掘出真相，而与人类活动无关的自然现象——象形石，是否也会有一天被揭示出奥秘来，我们拭目以待。

春风独步五原山

——拜谒固原二十里铺拱北记

人世间许多神奇的事物和迹象，曾使多少英雄豪杰、文人墨客、科学巨匠叹服折腰；自然界的种种神秘和显迹，曾使多少芸芸众生、凡夫俗子、商贾游客心生敬畏。然而这里的一草一木一水却因一个伟大的“固土布”而茂密繁盛、花团锦簇、清澈长流。千百年来甘陕青宁新云川众教下，怀着一颗敬畏之心不远千里结伴而来，跪拜于墓前点香诵经祈求平安，更有非穆斯林兄弟民族的虔诚者和受到启示的有缘者前来以他们习惯的方式顶礼膜拜或烧香还愿。历史的长河奔流到今天，它——固原二十里铺拱北，依然在青山绿水的环抱中静静地屹立着。

公元2015年4月11日上午，从固原到二十里铺拱北的路上车水马龙，天上薄薄的云层掩盖住了太阳的光辉，显得有些灰蒙蒙的，但心里感觉亮堂堂的。“三人行必有吾师”，我们一行三人，有摄影、有文博、有撰稿人，真可谓尺有所短，寸有所长，也算是最佳搭档了。不紧不慢地驱车赶到那里，主持拱北事务的掌柜子因有“尔麦里”与我们擦肩而过，本来要向他了解一些有关拱北的历史和文献资料，但很遗憾，只有靠我们的镜头、观察、感受记录此次拜谒之行了。说是拜谒其实更是我们先前的约定和我们当中有人急迫的愿望，才促成了尽早成行，这也是冥冥之中的某种契合吧。

作为世界四大文化的中华文化和伊斯兰文化，在汉唐时期碰撞出的思想火花，绽放在中华博大的天空，不同肤色、不同民族、不同穿戴的人开启了交往的漫长历程，互通有无、和谐相处，共同来往于丝绸之路上，悠扬的驼铃声打破了万里沉寂的荒漠草原，千山沟壑里回响着操着汉语、阿拉伯语或波斯语的声音。西土“费给勒”入华的步履，在固原五原山畔歇脚了，那是七百年前，他“心慈好善，科耳圆目，八尺开外身躯，修髯如戟，时戴偃月冠，手持拐杖，炎热寒暑身着布衫，步日月无影，入金石无碍，入水不溺，入火不焚，刀兵不能伤……”有多少传奇鲜为人知！风云变化、时光更迭的千秋岁月里，遗留下来被人们津津乐道的故事，沉浸在心灵的深处，默默地散发着幽香，我们寻幽香而来。迈步于二十里铺拱北的地界上，肃穆安详的氛围改变了往日嘈杂尘世中的心烦意乱，此时此刻，和煦的春风轻轻抚慰着来客——平和、静气、忘我。

汇集了中国传统和伊斯兰建筑风格的固原二十里铺拱北，古朴典雅、宏达神秘。从东西走向的大桥向东行走，远远就看见第一道大门楼亭迎面高高矗立着并敞开着，仿佛是以博大胸怀接纳每一个心事重重的来客似的，安静地守候在那里。迈过门槛，沿坡而上至东院大门不需要多长时间，但却浓缩了岁月的苍茫和历史的长河。两边为青砖砌成，雕刻图案琳琅满目，在有弯道的长廊边行走边观赏，舒缓的气氛在四周弥漫。进入第二道门亭，素雅和洁净赶走了外面的喧哗。这里分东西两个院落，靠东面的前院四方四正几乎为中国式的四合院，北房端庄沉稳为礼拜大殿；东西厢房相向而立，为掌柜子平时接待来客之用；南房因中间进门过道（第二道门亭）而分处两旁，为乡老之用，教众及来客舍散“乜帖”也在此房间履行手续；从西厢房中间过道穿过就到了正庭院。这个院落的布局和雕饰更为复杂，虽分为上下两院但浑然一体。下院有照壁和门亭，其中在照壁最显著的地方分别用阿拉伯文和中文雕刻了《古兰经》第一百章的内容：“信仰是人类智慧和力量的源泉；对物质和财富的执着会使人类滑向贪婪的深渊；在真主面前人类没有隐私”。这些朴素而没有修饰的光辉思想，明白无误地向世人宣示：人类要正确处理好精神和物质的关系问题并从中受益，而不是损人损己损社会，在无形的造物主面前人类没有什么秘密。以此为启示，人们应时时进行自我教育，其根本出路在于做一个有信仰的人，用造物主下降的经典规范自己的言行，培养坦诚、友善、包容之品质，拥有敬畏之心、感恩之心、自信之心、进取之心、仁慈之心，克服无所顾忌，避免胡作非为。默念这段经文让人浮想联翩。随着太阳从云层里露出笑脸，心里有豁然开朗之感。照壁下方镶嵌的是历代撰写的精美碑文，为节省时间，我们只能拍照，回去仔细研读。在下院还有一重要的建筑——门亭，这个门亭与上院门亭相对而立，虽雕饰图案略有不同，但中国元素丰富多彩，最重要的是雕刻对联意味深远，细观之，下院门亭前壁为三门四柱两副对联：其一“拱北为寻奥之明灯万众瞻仰，圣教能探源于正经德以宣化”，横批“古月独明”；其二“神贯三天真数体，理合两世万教连”，门亭背面又有对联：“教演四方敬服念拜斋课朝，道通东土敦崇仁义礼智信”，横批“中和”。有学者认为“中和”是一种哲学思想，也是一种方法论：承认世界多元化、思想多元化，学会包容正反两方面意见并加以融合，使人类始终走中正之道，方能承接合作和谐之果。所以明清穆斯林学者王岱舆把分属不同文化体系的“五功”与“五常”做了比照和诠释：五常之首为仁，念经不忘主的人就具有仁心。五常之二为义，有真主所赐之物施散给穷人，体现人的怜悯之心，这就是伊斯兰教施舍的义。五常之三为礼，礼拜有两种，一拜真主，二拜君亲，这是自然之礼。五常之四为智，斋戒者就是戒自性，能这样做的人即具有智。五常之末为信，是指穆斯林朝觐，这是天下穆斯林最盛大的聚会，聚会的主要条件是事先要把一切相约妥帖，并特别遵守这项协定，这就叫有信。因此，我们是否可以这样理解：“教演四方”的途径在于“敬服念拜斋课朝”，不仅是对教众的要求，更是希望得到教外众人的理解和尊重；“道通东土”的原因在于“敦崇仁义礼智信”，不仅是中国儒家的伦理道德，更是教众待人接物必须践行的规矩。两种文化在一副对联中紧密黏合，表现的正是两种文明相互尊重、平等对话、和谐共处，是“中和”思想的应有之义。

拾级而上的步履是缓慢的，一步一个台阶，人生之路不就是这么走过来的吗？从下院门亭到上院门亭之间的石头台阶，我们没有数到底有多少，但是越是接近“固土布”越是有莫名的酸楚涌上心头，像是好久没有见到父亲突然有一天与父亲不期而遇一样。抬头仰视上院门亭“无极本体”四个镌刻的大字，思来想去没有答案，后来查阅资料，有人理解无极是世界的本体、万物的本源。既然如此，没有终点到底指的是什么？看来凡人是无法揣摩其中之要义，或许门亭上对联中的“望月凌空”与“道法参天”暗含着答案。进入上院时来了许多汉族游客，男男女女，大概有十来个人。他们中有些人围绕院子中央的拱北参观，有些人烧香叩拜。进入拱北内廷必须要“阿卜代斯”（回族称“小净”）和“乌苏里”（回族称“大净”），即人在保持身体洁净、着装整洁干净时才可进入点香、念“锁热”（诵《古兰经》）。这个要求一般穆斯林都知道，其他人因比较理解，只能在拱北前庭设置的香炉里点香表达意愿了。

拜谒拱北结束时已接近中午了，我们沿原路出来，拱北的乡老热情地带着我们“口道”了油香和烩菜。平时这里有专门的厨子和工作人员为前来拜谒的虔诚者无偿提供吃喝，而吃喝的油香、烩菜，都是平时教众舍散的，不过嘴里吃着舍散的饭菜，心里可要有数，因为舍散是一个人敬主爱人的美好品质，也是表达美好意愿的方式之一，当你领受了别人的舍散，要有感恩之心以不同的方式予以回报，否则，你的良知会使你坐卧不安。常言道：“天下没有免费的午餐。”但是我们在固原二十里铺拱北的确吃到了免费的午餐，不仅是我们，更多到过这里的人都有相同的待遇，这里不是大锅饭，不开小灶，不是挥霍浪费的所在，是对敬畏者意外的回报，这使我想起了汉代书法家崔瑗的诗句：“施人慎勿念，受施慎勿忘。”其时代意义用在这里更为适宜。吃完午餐，乡老邀请我们在每年农历腊月二十七至正月初一、七月十二至十五，举行两个大型“尔麦里”时前来吃油香，我们愉快答应了。乡老说到正月初一和七月十五，我没有细问其究竟，我知道中国汉族在习惯上很重视初一和十五这两个日子，初一、十五正好是上山烧香敬佛的日子，但是固原二十里铺拱北的大型“尔麦里”纪念日中为何有初一、十五这两个日子呢？有学者认为：“七月十五、正月初一两天，似乎是拱北给非穆斯林的汉族刻意安排的。”不管怎么样，往日只是听说的事情，今日的确眼见为实，想必这两个日子上来的汉族更多吧。于是，我感到兰州大学教授、博导周传斌先生在其著名的《回道对话与文化共享——宁夏固原二十里铺拱北的人类学解读》论文中如下的经典观点更能打消我们的疑虑："因为虽然在外显的层面上，诸宗教、诸文化显示出其多样性、差异性，但在内隐层面上，所有的真理都来自唯一的真宰。"作为一个严谨的学者，在考察后不无道理地得出这样一个结论，更加耐人寻味，他说："圣神的天启之道殊途同归，导向同一终点。如果彻底地实践了一种宗教，也就相当于体验了所有的宗教。"

我多年来养成了一个习惯，凡有机会到一个地方，无论如何要攀爬所在地的山峰。正好拱北依五原山而建，这个不曾听闻过的山觉得有必要上去一趟，加之摄影的需要，更要登高一望。于是，在和乡老告别时，我们征求了他的同意。山上松树挺拔苍劲而不孤傲，杏花、桃花竞相开放而不相妒，柠条根系发达枝条直立，不知名的带刺的植物匍匐在地相互交错，把地面遮挡得严严实实，人只能沿地格楞绕行而上。在一个坎子处，一条一尺多长的麻蛇穿行于杂草丛中，我伸手去抓，它却蹿腾的不见了，我这个属蛇的人一直是很怕蛇的，然而这次我却出奇的没有丝毫惧怕的意思，竟然还要抓它。摄影师在艰难攀援途中没有放过任何一个最佳位置，照相机咔嚓咔嚓的声音和微风穿过草丛树林的声音交相呼应，构成了一支美妙的乐曲，悦耳动听。我紧随其后，用手机试着在他的位置抓拍，这可是现场学习摄影，同时也见证了我们此次拜谒之行。我们走走停停，停停走走，喘着粗气，吃力地上行。要知道爬山除了需要体力支撑外，还需要一股子勇劲儿，要不就感受不到杜甫描绘的“会当凌绝顶，一览众山小”。边爬山边琢磨起宋朝王安石在其《游褒禅山记》中的一句话：“世之奇伟、瑰怪，非常之观，常在于险远，而人之所罕至焉。”是的，五原山不比泰山、褒禅山那样有“非常之观”，但是它与黄土高原上最普通的山不一样的是，它虽不被看好却有着传奇的故事，这些故事都因为长眠在山脚下的“西来上人”而充满了神秘的色彩，因而心生敬意，不敢轻易上山，故而“人之所罕至焉”。

我们是幸运的。立于五原山顶，西望山峦层叠，南北相连，山与山之间薄雾缭绕；南观五原山纵向延伸，起伏跌宕，阳光洒落的尽头六盘山横亘阻拦。东西山相会合的中间地带是银平公路和与之同向的福银高速，开城王府遗址也在视野范围内。满山堆积的泛白的团花，像是当年草原英雄成吉思汗率领的将士的蒙古包——在横扫欧洲至巴尔干半岛和印度次大陆后班师回朝途中劳累了，在这个有天然屏障的地方安营扎寨，以图更大的帝国梦想。在后来的时光里，忽必烈为何要给“西来上人”的寺院金笔题写“百字言”？开城王府的主人——忽必烈的孙子阿难答为何率领他的15万将士皈依了伊斯兰教，这和“西来上人”之间有着怎样的传奇故事？以至于再后来，明朝大将军杨一清元帅西征途中凯旋时为何在“西来上人”的墓庐前树立了一对旗杆以悔改先前对“文官下轿，武官下马”的亵渎？这种种疑惑并不随着我们下山而从头脑中消散，像天空中的云团久久地在仰望的眼神里翻滚。有时候另辟蹊径或许别有洞天。下山时，我们选择了另一条没有路的“路”，为的是避免它形成路。因为鲁迅老先生说了：“地上本没有路，走的人多了便成了路。”下山并不易，但下山比上山更有收获和惊叹，但愿我们的惊叹不要惊动安详沉睡的“西来上人”。

我们要离开固原二十里铺拱北了，还会再来的，但不是作为游客，因为我们不知道的正是我们生存的方式。

夏游西吉震湖记

那场95年前人类历史上毁灭性的海原大地震，撕碎了西海固人安贫静怡的生活。刹那间山崩地裂，哀鸿遍野，一切都改变了原来的模样。震后余生的人们擦干悲伤的眼泪又重新开始他们艰难的生活。与那时候的凄凉景象相伴而生的堰塞湖就是山裂开后的产物——西吉震湖，让后人看见它就想起那个不幸的过去。多少年了，忙于生计的我们对这个“近在咫尺”的风景竟然没有零距离接近，不得不说是令人遗憾的，但终于成行还是在2015年8月15日。

我们一行四人从固原出发到西吉县城，吃过便饭后在车载导航的指引下沿苏堡线到达震湖。沿途有长约30公里的道路几乎都在修理之中，来回拉土车辆扬起的黄土粉尘阻挡了行进的视线和速度，以至于到达时已经是下午四点多钟了。不过沿途的山路虽然坎坷崎岖，但是山峦绵延，山山相连，沟壑纵横，倒是吸引了我们的目光，尤其是在那圆圆的，或陡峭或平缓的，被勤劳的人修理形成的层层梯田上，生长着荞麦、莜麦、谷子、糜子等各种粮食作物，它们以不同的颜色在山里舒展优美的身姿。山地平台上和梯田勾连处星罗棋布的农家村庄在绿色树木的笼罩中静静地守候着，任凭阳光照射，丝毫没有不舒服感。连接山里山外的在阳光下显得白花花的是村民们走出来的羊肠小道，七扭八歪，或隐或现于前村后店。这一切交织在一个山沟里是和谐而优美的，是惬意而舒心的。此山沟的山是彼山沟的一部分，这里山套山，山连山，山山环绕，山山相依。山的王国里有时肃穆寂静，有时清脆啼鸣；有时吆喝声穿透了山脊梁，有时驴叫声绕过了十八弯。沟、峁、坎、墚，还有崾岘、胡圈、疙瘩等等，错落有致地摆布在那里，任凭风雨剥蚀、岁月雕琢。这里大部分地方虽有青山而无绿水，只有少部分地方有零星泉水从山石的缝隙中渗出来，堪称为“湖”的几乎是奇迹，而西吉就有这样的奇迹——震湖。

如果看见梯田是开心的，那么走近震湖是令人惊叹的。从进入苏堡至震湖，我们所能看到的有三处低洼的地方湖波荡漾，野鸭子嬉戏其间，相互追逐，好不热闹。但是因为目的地路途比较难走，所以我们没有过多逗留，希望返回时详细领略。这样的想法之所以占了上风，是因为返回时还有机会，殊不知过了这个村就没这个店了。其实人生好多美好就是这样错过的。返回的路线因为没有颠簸，我们选择了从马建方向到西吉，因此错失的遗憾心情在所难免，只能留作以后再来欣赏了。这些小湖的上游有更大的湖——震湖核心区，随着车子的行进，震湖渐渐跳入我们的视野。

震湖，曾经因灾难而形成的特殊地域风貌经历了95年的风雨涤荡，在人们心目中更加具有观赏性，因此成为山外游客流连忘返的地方，最关键的是在避暑时增加一些看点，也可赏心悦目，把往日的烦躁最好一扫而光，才不枉到此一游。震湖，南北狭长如飘带绵延数公里，东西窄小似弯月跨越几百米，夹于两山之间而使其没有脾气，但常因风吹而起皱，因鸭戏而生波，因人游而荡漾。其湖心地带呈深蓝色，湖面在阳光照射下熠熠闪光，刺眼得很。两岸山影倒映于湖中，四周芦苇茂密高挑，像卫士守护着震湖而不被侵害。远眺蓝天白云，俯视碧波粼光，环顾左右青山，立于观湖台一切尽收眼底。不满足于观光，也许踏浪更有别样感受。游艇驶离岸边飞向湖面，后面留下长长的白浪，翻滚出的波涛打破了宁静的湖面，一波又一波纹路向两边延伸，一浪又一浪潮水向前奔涌。飞艇左冲右突像离弦的箭射向远方。抓住这一刻的光景拍几张相片，兴许能发现这个湖兴风作浪时人是否还能四平八稳地面对它，反正我的心情与飞溅的浪花一起激动不已，我们的同伴也是如此。大约十来分钟的“浪遏飞舟”后，我们游遍了整个震湖。

上岸沿芦苇小道至西边平台上，发现一位86岁的芸姓老人蹲在一座大门紧锁的房前一直注视着我们。他头戴很陈旧的蓝帽子，身着黑旧布衣，脸黑黝黝的，只有白胡子矍铄地飘在胸前，显得黑白分明。他的眼神直勾勾的好像有些白内障，说话慢腾腾的，看样子有些耳背。他说他是1920年海原大地震后出生的，一直生活在这里。我们与他说话时他一直蹲着没有起来，或许是腿脚不太灵便。旁边已有些年头的梨树果实累累，征得他的同意我们每人吃了一个梨子，梨子清脆香甜，水分很大。为了表示对他的感谢，我们回赠了他一个黄澄澄的酥馍，他眼睛一亮，黑青的脸上露出了一丝笑意，仿佛是黑云缝隙中透露出的一束光芒那样，让人浮想联翩。

震湖，你像个宠儿被人观赏被人赞美，似乎只有风光而没有凄凉，而与震湖相伴而居的老人——经历了沧桑岁月、见证了风雨变换，他是否正经历着酸楚的现在呢？我们没有看到的或许是最震撼人心灵的风景，而这样的风景又有多少人像艳阳那样投下关注的光芒，照亮那些需要阳光的人。这正是：“凭秋色，湖镜映青山。阵阵香风云影落，悠悠醉峡碧波闲。相望岂知还！”（《忆江南·西吉震湖》）

致秋天的一封信

清新而爽滑的风，在这个怡人的季节，尽情地掠过烦躁的心，这是中秋前的时刻。我踩着发热的路面，来回于家和单位之间，有时在道路旁的槐树下，看着车水马龙，抬头也能毫无顾忌地观赏天空翻转和游动的白云。自从没有了爱车，我便有了这样的兴致，特别是在秋天。

在单位和家这一段不长的路上，要经过三个红绿灯路口，最近的路线有两条：一条是顺六盘山路向西转向西关街，再向南；一条是从六盘山路向西，再沿和平门向南转西行至西关街向南。来回于这样的路上，经常能碰见熟人，顺便还可以聊聊天，拉拉家常，间或发现有卖蔬菜之类的小摊也就随手买点，甚为重要的是或漫步或健步，宜快宜慢，完全取决于路上的各种风景。这对十来年来一直开车上下班的我来说，尽管是迫于无奈的选择，但是重新领略和感悟那个没有车子的时代，仍然不失为一种美好的体验。人自从学会行走便有了接触大地的机会，于是辛苦的双脚，支撑起了庞大的躯体。我不知道已经走了多少磕磕绊绊的路，但我认为人行走在路上，始终要卖力，总会出汗，健身从迈开腿开始。当一个人从不会走路到最后不能走路，其漫长的过程总是伴随着春夏秋冬，而我独爱在秋天步行，因为秋天的景色有一种成熟力量，这种力量不仅限于生物界，而且在人类个体成长中同样具有无可比拟的力量，只是其是否源于与最朴实的大地亲密地接触，关乎一个人的未来。

人与大地融为一体其实有两种情况：一种是生命灭亡，一种是生命绽放。说到生命灭亡，无非是自然终老和非正常终结。像一棵树，从诞生到茁壮成长，再到参天，而后逐渐沧桑乃至败落，这是一个很自然的过程。在此过程中，枝叶茂密的树在秋天合适的时候，树叶子自然而然地会从淡绿、深绿渐变至浅黄、焦黄，最后叶落归根。树叶子大致是这样变化的，但不能说树就此也败落了。树的败落有一个很长的过程，如同人一样。树在叶子的不断更替中从幼稚可笑到健壮如松，从弱不禁风到魅力四射，除非有意外的情况发生，如自然灾害和人为破坏。它一以贯之，遵循着自然法则向前或者向高发展，人是自然界最精灵的生物体，同样不能违背这个法则的。当然，我们崇尚自然而然的过程，不过当我们这个愿望被意外的力量驱使着向后倒退时，抗争是无力的，只能接纳并顺应，达尔文说过适者生存。固原最能适应于生存的堪称为风景的，我看还是槐树，往返于单位和家之间的路上，这些年我见证了它是如何长大的，路两旁跃入人们眼帘的槐树，树冠外延，枝叶茂密，白而泛黄的花儿如繁星点缀，行走在这样的路上，该感谢谁的良苦用心？至于生命绽放，安泰战胜恶魔的唯一法宝是只要脚踩大地，这虽然是个神话，但其中的道理，其实那些矗立的不会说话的槐树都知道，它扎根于大地而后经风雨战严寒，才会在秋天绽放最诱人的风姿。

热爱我们熟悉的大地，不要认为它太厚道而无视它的存在；热爱我们自己，不管是贫穷的还是富贵的，不管是华丽的还是粗糙的，不管是弱小的还是高大的……你是你生命的载体，只要你热爱你的生命，你都会有办法将你最精彩、最美丽、最成熟的一面像槐树一样自然地呈现出来。

秋天，我的脚下是热乎乎的，心里是暖洋洋的。

中河包家堡百年古柳

2016年1月9日是农历“三九”第一天。铺天盖地的雾凇景观缭绕的人无法懒散，于是与朋友相约早早地就去了东岳山拍摄雾凇。本没有想去中河拍摄，但是朋友再三抱怨雾凇没有照美，为弥补缺憾无意间车行至中河包家堡了。包家堡并没有雾凇，因为下午的阳光早已把雾凇驱赶得无影无踪了，不过我们意外地收获了别样的风景。

从北面兰宜公路顺乡村柏油路向南至包家堡的沟里头，大约五里路的样子，沿路的柳树在一条小河的两边歪歪扭扭地排布着，因为冬天的寒冷肃杀，树上的叶子几乎消失殆尽，树干粗糙得像庄稼汉脚后跟上开裂的口子，看起来隔搂瓦瓦的，不过它抵御干旱的能力确实无与伦比，否则五百年左右的古柳不会支撑到现在的。

在庄里我们见到了一位六十多岁的王姓村民，他中等身材，着深黑色衣服，头戴白帽，显得精干麻利，看我们拿着相机围着古柳树在转悠，便上前跟我们说起柳树来。“我太爷在世的时候这些柳树就已经有了。”他操着当地浓重的口音指着古老的柳树跟我们说，“这棵柳树原来非常高，要仰着头往上看呢，现在半截子被挖沙的填埋了。”王姓村民说的柳树除去掩埋的半截，露在地面上的也足有二十多米，树冠的直径也有二十几米。他说这不是最大的柳树，最大在沟垴里，有五百年呢。我们顺着他指的方向看去，确实三四十米远的河边有棵树干更加粗犷高大的古柳。古柳在小河的西边靠近一处人家的地方，与古柳在一边的柳树和对面的柳树呈两行排列。柳树向上拔高的速度或许是缓慢的，岁月的沧桑使沉重的树冠再也无法“钻天”了，于是树冠的枝条在高空中渐渐地触摸到了对方的“温柔”，形成了长约五十米的弓形走廊，走廊下面潺潺流动的泉水形成了河。因为是冬天，加上上一个月下过雪，阴洼处仍有残雪覆盖，河中间断断续续的冰凌悠然地躺在那里，斜阳照在上面显得格外刺眼。走近百年古柳仔细查看，见其根部粗壮且长得疙里疙瘩、古里古怪，四个成年人手拉手都抱不住，最粗部分可能是雷劈后分裂成三四个树杈，向四周蔓延上长，树杈中间有个不规则的黑洞，远远就能看见阳光穿透的光束。我们围着古柳拍照时，附近人家的四个顽童不约而同地来到柳树旁，她们不像过去农村孩子那样羞羞答答。“茄子！”她们大声嚷着进入我们抓拍的镜头，还围过来一起看自己的开心一刻。

据说河道里以前有一缸粗的水流淌着，从形成冰凌的迹象看，现在河里的水不是很大，但能够细水长流也是好事啊。它的源头在最深处的大山里，由于专注于古柳，我们再没有向前深入，最好在春夏的时候再来探访可能要好一些。不过有水的地方，草木一定很肥美。满河道的杂草虽然枯黄，历经风霜雪雨的古柳身躯不再挺拔，但是因为一渠泉水的滋养，不久的春天一定会有另一番风光——在这个鲜为人知的深沟里，竞相展现于人们的眼前，到那时我们再细细品味枯木逢春的道理。

被阳光遗忘的女人

42岁的人生经历用悲惨二字来形容并不为过。与多数孩子相比，她的不幸是从12岁开始的，那年她意外得了风湿病，由于家境贫寒，耽误了最佳治疗时间，至15岁时病情加重，四肢肌肉萎缩变形，行动不便，生活不能自理，好在有父母照顾还算过得去。但是22年前父亲去世，8年前母亲去世，她的艰难程度逐渐加重，其后进入真正的“悲惨世界”。她就是肖春燕（化名），一个孤苦伶仃的女人，一个永远出嫁不了的女人。

春燕出生于W市T县贫苦的农民家庭，从小的凄苦生活历练了她倔强的性格，再苦也不求人，不愿意被别人怜悯。自父母先后去世后，春燕自知灾难深重的时刻到了，虽还有兄弟姐妹四人，但与他们一起生活久了也不是个事儿，因为他们家本身也很清苦的，拖累的时间长了于心不忍。于是6年前她不顾兄弟姐妹挽留毅然决然离开了村子，孤身一人到了G市，希望能有新的生机，然而等待她的并不是一帆风顺，晴空万里，相反处境更加艰难。唯一依靠每月100元的最低生活保障和100元残疾人生活补助为生，这是平常人能想象得到的生活。房主念春燕可怜，每月只收她几十元房租，算是对她最大的照顾了，这年月确实有些人还是挺不容易的，也不能怪房东收取春燕房租。春燕租住的地方，过道狭窄，灯光昏暗，环境属于脏乱差的那种。几年来一些好心的人知道了她的艰难和为人，时不时予以接济，勉强度日。

2015年3月下了一场大雪的前一天晚上，春燕因为吸毒接受了有关方面的调查。她对调查坦然面对，没有丝毫的不适应。她陈述完吸毒的事实后平静地说到了一些鲜为人知的事情。

“在G市这些年，我最揪心的不是吃饭问题，而是治病吃药需要花钱。”春燕说，“风湿病折磨我多少年了，很顽固，每次发作浑身疼痛难忍。”她把药当饭吃，因为长期吃药也吃坏了她的胃，所以吃饭成了次要问题。在此期间，一些吸贩毒人员盯上了春燕，以为她是吸贩毒的“最佳”人选。于是这些不怀好意的人花言巧语，称吸“白面”能减轻病痛。她信了，就吸了人家送的“白面”，感觉不疼痛了，她觉得很神奇，等再次病痛时，她就向往那个能迅速击退病魔的东西，渐渐发展到向人家索要。天下哪有免费的午餐，有再一再二，没有再三再四。春燕这才明白那东西原来是海洛因，那些人是吸贩毒的。这时的春燕身体和心理都对海洛因产生了依赖，这种依赖超乎她的想象，简直是刻骨铭心。发病时就索购，从可怜的最低生活保障里拿出对她而言很多的费用，用以吸食毒品。实在没钱了，干脆贩卖毒品以确保吸毒之需。春燕非常清楚吸贩毒害人害己，但这种生活方式最低限度能使她暂时不再受病魔折磨，即便是离开人世也不要痛苦地走。

“因贩毒先后被G市Y县和A省J县分别判刑3年、9年，但都没有收监执行。”春燕低着头不敢面对调查人员，轻声说：“我实在没有办法。”后经查证她说的千真万确，没有任何隐瞒。当调查人员问到春燕最大的愿望是什么时，她抬起头语带渴求地说如果风湿病能远离她，她将痛改前非，往好里想，渴望在G市能有一个安身立命的栖息之地——廉租房。调查人员无言以对。

春燕头发散乱发黄，因长期营养不良而消瘦的脸并没有绝望的痕迹，尽管看不到一般同龄女人那样需要刻意打扮的样子，着装也不是很得体，黄色羽绒服显得有点短小，浅蓝色的牛仔裤无法掩饰她双腿弯曲无力的缺陷。她说话不遮掩，很有礼貌，不怨天尤人，甚至没有人想象的那样消沉，之所以还能用乐观来形容她，是因为她有一个美好的愿望。其实她的愿望也是人最基本的生存需要，她应该是政府最应该救助的那部分人，她被边缘化得太久了。

这个可怜的女人，无论如何叫人恨不起来。

仅用吃苦耐劳形容他们是不够的

——谨以此文献给我的警察同事们

你知道中国目前哪些行业最具有挑战性、危险性、刺激性吗？

你知道中国目前哪些行业伴随着高风险、高强度、高负荷吗？

或许你不知道，或许你略知一二。在我告诉你之前，首先你要明白如果你没有理解、包容、豁达之心的话，那么你可能会质疑我对你说的话。不过任何事情如果没有设身处地地去观察和思考，你就会因为人云亦云而得出错误的判断。

时常被偏见无情包围、被舆论恶意操作，然而坚守、自信和昂起头挺胸向前的勇敢精神，指引他们披荆斩棘勇往直前。他们是“时时有流血，天天有牺牲”悲壮命运的践行者，是新中国成立以来牺牲最大的队伍中的一分子。这些你可能听说过，但是当你花前月下，休闲于大街小巷、公园中，愉快地出入于大小超市购物的时候，你是否会想起一群背负责任和担当的人，在守护着你的安全。尽管你可能因为某件事需要他们帮忙时正巧遇上了那个连续加班加点的人给你不好的影响，以至于让你耿耿于怀，内心产生了以偏概全的看法。对你来说这或许是正确的，然而事实上你从你的视角出发已经走向了你不期望的境地。

2016年4月27日至29日，西北黄土高原东段的固原晴空万里，在一个被鉴定为危楼的单位院子里，一群身手矫健的人驰骋在运动场上，从他们的脸上你看不出他们在此之前因为不舍昼夜地工作而留下的疲惫和沧桑。他们需要用这种方式重新焕发激越的拼搏状态以缓解心中的压力，他们需要奔跑起来，需要跳跃起来，因为他们想忘掉那些不被人们理解的烦恼和困惑。他们时时需要应对的事情你是无法想象的，然而这一刻具有力量的笑脸，是对自己的又一次挑战。在《运动员进行曲》陪伴的三天时光里，他们挥洒了汗水，分享了快乐。

话说到这个份上，如果你还不明白我所说的是什么行业的话，那么我很荣幸地告诉你：他们是中国警察！

秋　收

曾经回家而找不见回家的路，那是多么令人伤感的事情。

我的家乡在海原县南华山下一个叫河沿子的地方，属于县城的近郊，那里有我童年清苦的记忆，即便如此，我还是喜欢回家，因为那里有我牵挂的人和牵挂我的人。

尽管老家的院落已经残破不全了，杂草丛生，屋脊裸露，只剩下一堵院墙任凭斜阳肆无忌惮地光顾，但是梨树上的果实依然清脆香甜，压弯了树枝。

中秋长假顺便回到家里探望老人，于是全家老小从附近各处赶来“下果子”。照顾父母亲饮食起居的小弟和大侄儿上树摘果子，大侄、小侄的儿女帮忙装筐，而我与父母亲、大哥、妹妹坐在落地的屋脊上，一边说话，一边分享果实，间或也帮忙收拾果实。父亲的耳朵有些背，说话声音小了听不见；母亲的牙齿掉落的差不多了，吃起梨来有些费劲；大哥腰间盘突出手术后恢复得挺好；妹妹这些年来一直照顾父母亲可谓劳苦功高。

那天的天气格外温暖。尽管已是下午，阳光照射到人身上暖洋洋的，我们忘记了迫于搬家而在心里留下的阴影，收获属于我们的希望，心里涌现莫大的安慰，尤其父母亲在家的感觉非常美好，特别是在这个时候，我感到喜悦，但也有隐隐约约的伤痛在心里作怪。希望我们一家老小秋收果实，不是最后一次。

我想，找不见回家的路并不是最令人纠结的事，如果有一天家真的没了，我该走向何方？

即将消失的村庄

随着城镇化步伐的加快，村庄正渐渐地消失，至少在西部这种现象越来越多。这些村庄算不上美丽，却有几分酸涩和无奈。

那里的一草一木一山一水，曾经养育了勤劳的人们，如今却分外寂寥。走近那些即将离开村庄的孩子，我们想：他们在陌生的环境中能否延续快乐的童年？

这个叫做大路沟的地方，我曾因工作多次涉足。那时候这个地方很热闹，男女老幼虽过着清苦的日子，但很安逸，对人也很热情。现今又因工作之便，再次到那里参与一些道路建设的协调工作。在与还没走出大山的人零距离接触时，我发现鸡鸣狗叫的村庄生活已然开始败落了，因为大部分人已经远离了这里去追求他们梦想的好日子去了。

一位80岁的叫马生禄的老人与他的老伴为了配合高速公路建设，把位于道路旁的老房子拆了，暂时将家用物品搬到沟对面的一处破旧的院落里。由小儿子照顾老两口的生活。有老话说："人生八十岁，不忘种田忙。"他们随季节变化在房前屋后种点蔬菜、粮食什么的。对于拆房一事，马老汉没有怨言，布满皱纹的脸上依然还有笑容。他生活在这里太久长了，便有了一种不舍的情结在心中。他说："老了，还能往哪里去？将来在这里入土就一了百了了。"

我想一个村庄如果没有了人烟那还算村庄吗？我们从沟里走到沟外，从沟外走到沟里，满眼充斥的是残垣断壁和疯长的杂草，还有挂果的树木以及被草遮掩的弯曲小路。随行的乡干部说，这些年搬迁出去的一些人，尤其是老年人，不适应外地的生活或者是劳动能力弱的，又陆续返乡者比较多，更重要的是叶落归根的观念引导他们坚守故地。我们完全理解他们的心情。

从来自于自然又回归于自然的角度说，人与自然同生死共命运，是一种天然的和谐关系，隔断这种关系，或许暂时有利于自然恢复和人的发展，但是从长远看，那将会使人们的根文化走向衰亡。失去根脉，人就像断了线的风筝随风飘摇而无着落，也就没有了生命力。城市生活一定是美好的，但那也许只是年轻人的世界。

〔2016年7月16日〕

附中，我们的精神家园

春天，像轻轻的薄纱，掠过经历了严冬的大地，万象开始了具有生命意义的萌动。

空旷的大山，隐隐约约地浮现出了舒缓的纹脉，广袤的原野上空，有几朵如雪的白云缓缓流动，耳边时常传来鸟儿悠扬的歌唱，声声清脆。在北国踏青还为时尚早，但春的气息已经把大自然包裹得像个害羞的姑娘，含蓄地展现在人们的面前。是谁投去了第一束灼人的光芒，燃烧起青春岁月？是你，是我，是曾经年少而又历经沧桑的我们。

岁月悠悠，有多少往事凭谁说？

近三十年的日日夜夜，像是人生长河中的一缕云烟，随风消失在茫茫时空里，没有声音，没有痕迹，然而昨天的故事却一直感动着我们，使我们从幼稚走向成熟。北京小石胡同33号——那个刻骨铭心的地方，还在我们的梦里徘徊，像潺潺的溪流，在我们的心上流淌着、回旋着……

1981年10月份，当我接到中央民族大学附属中学的录取通知书后，开始想象北京到底是怎样的一个城市。在闭塞的小山村里，我仅仅从课本上了解到北京是祖国首都，是过去皇帝住过的地方，也见过天安门的照片，但是其他的一切，对我这个十六岁少年来说却是神秘的未知。满怀憧憬，我和同行的马鑫、马守科、马翠香四人，在一个晴朗的早上，从固原乘班车到银川后，踏上了进京的列车。第一次出远门，而且是去北京，心里忐忑不安，北京那么大，如何才能找见学校呢？好在当地政府很重视我们上学的事，派老家在北京的张老师带着我们。我至今清楚记得，到北京已是晚上十点多了，张老师给我们四人租了两辆人力车，从东长安街往西单方向行进，沿途高楼林立，车水马龙，人流如梭，光照如昼。这是我做梦都没见过的风景，要知道我是在宁夏海原县海城镇东关村一个叫河沿子的家里，靠着煤油灯的微弱光亮读完小学和初中的，那时我所在的一小和海原中学的教室不是现在所说的砖混结构的，而是用胡墼和杨木椽搭建起来的，而且教室里经常是，夏天雨从“天窗”落，冬天雪花满地跑，整个县城也没有像样的房子和多少人，哪儿见过这样的情景。更令我难忘的一幕出现了，车行至天安门时，我真真切切地看到了雄伟的天安门、高高耸立的人民英雄纪念碑和庄严的人民大会堂，这些全国人民神往的地方，竟如此金碧辉煌，远远超出了我的想象，而且灯光把天空映照得红彤彤的，像是红霞满天飞，顿时我兴奋不已，心里想，这就是“人间天堂”吧。多少年后，我跟家人和亲戚朋友说起这些事，引得他们哄堂大笑。事实上，后来在中央民族大学附中三年高中学习生活中，我和我的同学们亲历了“天堂”般的生活。

到了学校的第二天早上，天气格外晴朗，阳光普照，心里暖洋洋的，我好奇地打量着学校古色古香的建筑和那些有了年纪却依然枝繁叶茂的古树，像是刘姥姥进了大观园，一切都是新鲜和奇异的。几排有着悠久历史的房子高旷而沉稳，汉砖青瓦是重要的构成元素，紫红色的大门、窗棂传统而又厚重，它们坐北朝南，正襟危坐，威严中不乏慈祥。古老的松树高大威猛，躯干粗壮，我的小胳膊根本抱不住，它形神矍铄，透露着笑意，大概是对我这个来自西北偏远山区孩子的欢迎吧！想到这里的大房子、大树要接纳和见证我今后的学业生涯，我很欣慰。但是几十年后，这个给心灵留下美好印象的地方却消失了。我曾乘工作之便，专门到原校址去看个究竟，但是再也寻找不到它们的踪迹了，原址与西单商场连成一片，变成了繁华的商业区，在人来人往中，我偶尔看见了一棵千年古树，像哥伦布发现了新大陆，欣喜若狂。古树旁边挂着一个北京市文物保护部门的牌子，经多方找寻没有发现曾陪伴我们的其他物证，我知道这棵树是学校众多松树中仅剩的一棵。触摸爬满裂缝的树皮，仰望枯萎的身躯，它再也没有笑意了，我驻足良久，悲从中来，伤感的眼泪剥夺了我的好心情，沉闷地离开了，再也没有回头。

话说回来，从进附中校门的那天起，我们这些从祖国四面八方来的少数民族学生，沐浴在老师关爱的阳光下，开始了三年高中学习。渴求知识的心，把我们凝聚在同一个课堂，倾听老师声情并茂地授业解惑。我清楚记得，王良明老师深入浅出的哲学课，使我们在博大精深的哲学王国里，探寻思考认识世界的方法；杨进栓老师诙谐幽默的语文课，激发我们对中华文化的热爱之情以及懂得如何更准确地书写优美的篇章；张德安老师引经据典的历史课，教会我们以史为鉴，去充满激情地建设我们的国家。他们的讲授，对我们文科生来说产生了巨大的影响力，以至好多同学上大学所学专业与此有天然联系。受此影响，多年后，我在工作和学习中依然对哲学、文学、历史有着浓厚的兴趣。有人说兴趣是行动的源泉和动力。由于兴趣，我在攻读第二专业，系统研读一些哲学著作时，自觉不自觉地想起了王老师；由于兴趣，我读了大量的历史书，在培训我们的工作人员时也能引经据典；由于兴趣，我在业余时间创作了大量诗词作品，成就了我的文学之路。这些无不与我们青少年时期遇到的好多默默无闻的，把自己的青春年华奉献给了教育事业的老师们，千丝万缕地联系着、影响着、感染着。尽管毕业后与老师们的联系少了，但因曾经的感动而并没有失去挂念。我们感慨人生的早期，幸福和骄傲使我们受益终生！

三年的时光很短暂，当我们离校返乡时，老师们站在校门口望着我们拉长的背影渐渐远去。他（她）们期盼的眼神，像父母亲一样，期盼我们健康成长、长大成才，走好人生路。步入大千世界，经历了了太多的风雨后，谁更觉疲惫？此时的你我渴望着，在各自所在的美丽天地里仰望星空，这时耳边仿佛传来儿时同学们的琅琅读书声，听见老师促膝谈心、谆谆教诲的话语……时光如流水般过去了，我们送走了苦涩和汗水铺满的人生历程，但依然面对每天初升的太阳，灿烂的时刻还在前方。

感恩之心从陪伴开始

——王良明老师并师母宁夏西海固之行散记

黄河里的水浪越来越大，迅猛地向下游冲去；岸边的垂柳一改往日妩媚的姿态，疯狂地摔打着自己的肢体；旅行的人们纷纷打起了雨伞从景区鱼贯而出。中卫沙坡头的风雨来得真不是时候，我们不得不停止前行的步伐原路返回。留点遗憾，或许是为王老师以后重游沙坡头埋下伏笔。

在此之前的天气实在是争气！王老师和师母自踏上宁夏大地，蓝天白云下的西海固早就营造好了“天下莫不惬意”的风景，清凉世界张开双臂欢迎远方的客人，这里的一切都为老师和师母旅行做好了准备。

初识“不到长城非好汉”诞生之地——六盘山

“不到长城非好汉”诗句诞生的地方——六盘山，并没有因为秦皇汉武的多次莅临和一代天骄成吉思汗的休养生息而扬名天下，但是毛泽东的一首《清平乐·六盘山》

却使其蜚声中华大地。西海固人秉持“不到长城非好汉”精神，在苍凉沉默和贫弱多难中站立起来。当我们与老师和师母绕行十八弯艰难到达当年红军长征翻越的最后一座大山六盘山时，那种站立起来的感觉油然而生。映入眼帘的红军三大主力会师雕塑红旗在周围松柏的围裹中更加鲜艳夺目，它的风格与西吉将台堡红军纪念碑直插云霄的情景截然不同，更与人民领袖和阿訇在单家集陕义堂清真寺里话说民族未来的厢房有天壤之别，但都因具有纪念意义而警示后人：江山得来不易，不忘初心勇往直前。沿对面山路至红军纪念亭瞭望，便有“峰迭延千里，苍松续万年”之感，东南方向展览厅上方开阔地，矗立着雕刻有毛泽东《清平乐·六盘山》诗句的石碑，在云雾中若隐若现。驻足六盘山，看云卷云舒，感雾绕雾散，别样心情分外浓，不仅因为我们，更因为老师。

走进乡土中国西部的缩影——老巷子

中国书法之乡隆德县的老巷子，近年来很红火。几乎到隆德县城去的人都要在那里转悠转悠，我们也带老师和师母去看看究竟，再说以前我也没去过。老巷子尽管有些人工打造的痕迹，但是本土乡村文化的遗迹随处可见。石磨盘、农具、枯井、石狮子等这些农耕文明孕育出来的在那个久远的时代很先进的生产生活用具，分散在不同的人家。坐北朝南的旧房子，于街道两旁很不规则地排列着，现在依然还有土著居民在自家的院子里居住。他们对老巷子被改造成眼前这副模样虽然表示出一些不满情绪，但是，居住在这样的老巷子里应该是很有情趣的，只是他们还没有领悟出其中的滋味来。看得出王老师和师母对这里有点好奇，至少我们认为隆德的老巷子集中了农村社会人们生活的场景，能够全面反映农村、农民和农业这个在中国最基本问题的原生态状况。农村现在发生了根本性变化，展示它的过去，老巷子是个很好的看点。这也是我们安排老师参观老巷子的初衷，不过没有来得及领略书法之乡的墨宝实在是遗憾。

感知“国字号”景区——火石寨

中国文学之乡——西吉县，进行文学创作的人很多，也出了不少名人，如郭文斌、单永珍等，最近樊文举创作并出版发行的历史题材小说《大石城》又在西海固引起轰动，尤其涌现出一大批农民诗人，如马建国等。可以说西吉作为西海固文学的主阵地，其规模是以集团式的方式出现的，这在全国尚属罕见。本来计划带老师走访一位农民诗人，但是时间把我们限制在火石寨国家地质公园。

集自然风光、人文景观、回族风情于一体的火石寨公园，是宁夏唯一同时拥有国家地质公园、国家森林公园、国家自然保护区称号的景区，也是国家AAAA级旅游景区。是我国迄今发现发育最为典型、分布集中、造型丰富、规模宏大、海拔较高的丹霞地貌群。在98平方公里的范围内，生长着辽东栎、白桦、丁香等树种，多产中草药材，有梅花鹿、猎隼、红腹锦鸡、獾等动物在这里繁衍生息，是我国黄土高原西部保存较为完整的山地森林生态系统。尤以奇山、怪石、茂树、仙窟“四绝”给火石寨自然景观增添了许多神秘色彩和看点。自古以来佛、道、伊三教在这里和睦相处，成就了中国唯一的三教并存的宗教圣地。其中始建于北魏，兴盛于隋唐，历代扩修的石窟群多达10余处120多孔洞，分布在云台山、石寺山、禅佛寺等奇峰峻岭之中。火石寨石窟和全国十大石窟之一的须弥山石窟，应属于同一个时期建造，因为佛教自东汉时期传入中国，到南北朝时期已经成为全国上下争相崇信的“国教”。那时盛行开凿石窟，须弥山随后应运而生，火石寨也不例外，只是火石寨“三教”并存，而须弥山只有佛教一家。为何会出现这样的局面，这是历史学家思考的问题。火石寨的龙潭寺、黑窑儿拱北是伊斯兰教嘎德忍耶门宦的重要宗教活动场所，其建筑风格是中国传统文化和伊斯兰文化结合的典范。有人说火石寨是洗心养肺的乐土，也是朝拜修心的圣地！可能是基于它特殊的地质地貌、别样的自然环境和人文环境。火石寨，既蕴含着西北戈壁荒原之雄浑，也兼容着江南水乡之秀色，是黄土高原上一颗璀璨的明珠，因此被誉为“中国最壮美丹霞地貌”“中国的科罗拉多大峡谷”并不为过。

火石寨，犹如一团团燃烧的火焰，吸引了我们的目光。鹰蛇峰在千年对峙中或许因为我们师生的到来而平息了敌对状态，在没有来得及欣赏云台叠翠时，刀背岭上出现了师生的身影，情人谷、丁香谷、擎天柱、象鼻山、大石城、穆柯寨狮身人面像与我们无缘相见，但是丰富多彩的扫帚岭石窟却使我们驻足凝视。这个历史的遗迹在成为文化遗产后，我们在想，人活着的意义不仅仅是一位看客，更重要的是学会独处和内心静养，这样才能训练博大的情怀，正像乌兰托娅在《火石寨燃烧我的爱》中演唱的那样："我从远方来，揣着火红的期待；穿越霓虹繁花，赴你千年的等待；我为你而来，眺望火红的山脉……晚霞泼墨的油彩，化作一片相思海，在我心中安营扎寨。"

探访人类历史上大劫难幸存者——五棵柳树

1920年海原大地震（8.5级），这个人类历史上空前大劫难发生的时候，那里的生灵几乎毁灭性覆亡，然而幸存的不屈生命又重新在扭曲的山脉周围，抖落掉浑身的灰尘，从恐惧中走出来，开始生命的第二次开拓。96年后，我们陪同老师和师母在一个阴晴不定的天气里，在游历了天都山后，走近了五棵柳树，它是幸存下来的并以顽强的精神傲立在海原县西安镇哨马营的山沟里的奇迹，至今树冠硕大，枝叶茂盛。海原县政府为了保护1920年大地震遗迹遗址，专门为震柳修了一条水泥路，并在那里立碑以示后人观览，其碑文："西安镇哨马营的五株明代震柳，生长在干涸的小河床上，植根于海原地震地表破裂带左旋水平位错值最大地段。其中这棵直径约1米的大树在地震中因地表错动而被撕裂，左旋位移量达0.4米。古柳树虽遭摧残，但劫后余生，残躯吐翠，葱绿遒劲，堪称奇观。”

参观中师母说北京这样有年头的古柳很多，但是没有哪一棵古柳像海原震柳那样经历了8.5级地震的摧残后依然“残躯吐翠，葱绿遒劲”。生命在某些情况下是脆弱的，但从精神的层面来说，它穿越时空，任凭风雨侵蚀，砥砺风华百余载，可谓壮哉！

穿越硒砂瓜原产地——兴仁

现在市面上吃到的宁夏西瓜，大都是硒砂瓜。这种西瓜因个大、瓤红、汁多、鲜嫩、甘甜而倍受人们青睐，尤其富含葡萄糖、维生素、氨基酸，特别是含有大量硒、锌、钙等微量矿物元素，具有防癌、补锌、补钙、延年益寿、抗衰老之天然功效。之所以把它叫做硒砂瓜，是因为它是在戈壁石头缝里长出来的。这种石头风化后，被雨水冲刷到山沟里淤积成岩石碎片，然后被勤劳的农民拉运到灰钙土土壤上铺压成10—15厘米的厚度，起到提高地温、蓄水、保墒作用。在宁夏中部干旱带年均降水量不足200毫米，蒸发量则在2000毫米的恶劣环境中，与天抗争的农民创造了硒砂瓜种植方法，改变了种啥啥不成的现状。全国人民如果能够吃上可口的宁夏硒砂瓜，不仅是对这里农民的支持，同时也是对农民战天斗地精神的褒奖。

兴仁，原属于海原县的一个镇，后来被划归中卫市沙坡头区管辖。进入兴仁地界，在几十公里的范围内，到处是硒砂瓜地。我们师生经过的时候虽然已经过了硒砂瓜生产旺季，但是仍然还有大片大片的西瓜睡在地里，等待远方的客人拉运。一个农民在瓜地坎子上坐着，无助地望着这些凝结了他汗水的销售不出去的西瓜，心里是何等焦灼！在来的路上，我们师生在路边一农民家里买了一个西瓜，就地消灭了，那种开心和爽快，很快被这一幕冲淡了。兴仁的路崎岖而漫长。一会儿云，一会儿雨，伴随我们师生在重峦叠嶂中穿行，似乎还有更大的期待在向我们招手，因为沙坡头那边的电话铃声响了一遍又一遍。这时我们深切地体会到：几十年后与老师短暂相处于西海固的时光马上要成为历史。我们用心陪伴，是因为我们在几十年前就学会了感恩。

“清净低眉思旧雨，真诚抬眼望新空”。再多的话也不能表达我们此刻的心情，就让这句诗从我们的心底出发，祝愿老师、师母安康快乐！

金玉国：宁夏书画界一个大写的人

想象中银装素裹的景象与银川无缘。2015年2月7日下午，笔者应人民网图说中国固原市版版主马明葆先生之邀，在宁夏图书馆宽敞的展览大厅，我们见到了享誉阿拉伯国家的金玉国先生。

金玉国先生中等身材，红润面颊带笑容，年纪不大，但头发似乎花白得有点早，穿画室蓝色工作服，精神矍铄，谈吐文雅质朴。他介绍了他的作品——展现在我们面前的逼真的人物肖像画，活灵活现的，初看上去很难判明是画作。人物透亮的眼神放出灼人的光芒，要不是金玉国先生的助手正在画像前着墨细描，我们误以为是摄影作品。正是这些凝聚着智慧和技艺、辛劳和汗水的传世之作，在中国中阿博览会上大放异彩。当沙特国王和王子亲自从金玉国先生手中接过本人的画像时，激动并不能完全表达对金玉国先生的敬意，话语中充满了对中国文化的信任。金玉国先生作为中阿文化交流的使者，以自己精湛的艺术，为中国赢得了声誉，为宁夏争了光。

回望他在固原工作时的情景，作为百货公司美工曾遭受的不理解和白眼，但他没有放弃对绘画的钟情，微薄的收入，捉襟见肘的日子，更加坚定了他执着于绘画艺术的信心和决心。十几年前离开固原并不是落荒而逃，而是在更广阔的天地展现固原人不为人知的风采，我们作为固原人应引以为荣。但值得固原人深思的是：我们在他最艰难的时候到底给予他怎样的便利和帮助！哪怕是一个微小的以示支持的微笑。这些年来慕名而来的人不仅仅是中国人，还有各国政要，尤其他的美名和影响力远播阿拉伯国家，他是名副其实的文化使者，不是出于恭维而是他的作品会说话。

当我们与他握别的时候，西沉的太阳映照着宁夏图书馆。这个读者汇聚的地方，因为他的艺术坚守，而显得更加有灵气。那个宽阔的画室只适合于他，那里将诞生世界上最伟大的艺术。

孤独艺术在山野中诞生

因为大雾弥漫，我无缘走进火石寨国家地质公园，但不虚此行的想法驱使我绕道去了趟大石城。

从火石寨到大石城只有五六公里的路程，但行进在七扭八歪几乎是单行道的的路上很吃力，不过慢行的好处是让我领略了秋天在这里表现出的特殊神韵。大山在连绵起伏中吸吮着秋天带来的新鲜空气，并以无比开阔的胸怀接纳着走向落魄的“游子”，以便于聚集新生的力量。颜色在这个季节似乎更具有无限的诱惑力，尤其在阳光穿梭其间的时候，显得格外透亮，其中金黄的杨树叶子最能吸引人的眼球。点缀的、成行的、交错的杨树，似乎以它变化了的姿态，无声地欢迎我这个不速之客。走走停停，停停走走，反正来往车辆又没有几辆，也不怕挡人家的道，索性我行我素吧。

山坡上两头悠闲的骡子贪婪地吃着草，河湾边上一群羊风卷残云般横扫落地的树叶子，就在羊群撒欢的不远处，我发现了意外的“风景”。一位画家，他在河湾里的面包车旁，静静地观察两棵歪着脖子的硕大古杨树，并认真地用画笔在画板上勾勒框架、涂抹颜色。靠近古杨树东西两侧，一边是一口尘封的枯井，默默无语；一边是一条干涸的河，毫无生气。与古杨树浓密的叶子相比，枯井、干河的荒凉和孤寂更加衬托出古杨树的活力，而颜色逐渐从淡绿向金黄变化的情状愈加彰显出它的魅力，画家正是看到了它与众不同的一面，才不惜风餐露宿，忍饥挨饿，长时间观察它、描绘它。据当地一位村妇介绍说这两棵树在她二十几年前嫁到这个村庄来时就已经在那里了，我以为它应该很古老，因为它沧桑的身躯上有一只睁大了的“眼睛”在静静注视着这里的风云变幻，高大而弯曲的树冠向河湾西面延伸着，它的根因为牢牢地扎在河湾里而显得粗壮并充满力量感。这大概是这两棵树生命的来源吧！

发现画家在山中作画已经是很稀奇的了，我走近他正如走进艺术的殿堂。与他攀谈中得知他来自银川，名字叫戴春，已经在山中驻足好长时间了，他饱满的脸被山中阳光晒得黝黑，平头显得甚是精神，浓密的大胡子倔强而整洁，着深蓝羽绒套服，穿旅游鞋，中等个子，年龄在四十开外，十分健谈。他的画板上已经有了两棵树的雏形，我没有过多干扰他的创作时间，半个小时后我与他握别去大石城了，他仍在原地继续他的工作。

在大石城孤独地转悠了两个小时后，总觉得意犹未尽，有事在搅扰着我，最后还是决定原路返回。本来从大石城出来可以从北面的一条旅游专线回固原，但是画家与其画作的故事还没有在我的镜头里充分地展示出来，加之偏西的太阳光线正好适合于拍摄画家的工作状态，同时更重要的是我和画家都是独行者。为了某种追求，他舍弃城市的安逸生活来到山沟里作画，他的灵感和思想要在歪脖子树上表现出来，而我孑然一身来到这里对这个意外的收获绝不能熟视无睹。这个想法越强烈，再次接近他的心情越是急迫。一回生二回熟，这次他对我更热情。他可能意识到我没吃饭，并要给我拿方便面，被我谢绝了，我知道他在穷乡僻壤作画少一包方便面可能给他带来更大的困难，再说我到西吉县城去吃饭也不迟。

围绕着他的画作，我仔细端详，与眼前的两棵杨树对照，简直是活灵活现，而且神韵十足，尤其树上那只睁开的“眼睛”可谓点睛之笔。我不知道他将如何命名这幅作品，但我见证了他在两棵杨树旁的坚守和执着。我想是人在孤独中强大自己，还是作品在孤独中塑造传奇？

荒山野外，枯河岸边，画家戴春富有灵性的画笔或许能告诉人们：经历了艺术的孤独和孤独的艺术之后，再次品评这幅艺术品的价值时，人们会思考枝繁叶茂的生命力如果要得到永恒，必须植根于深厚的大地。

阳光偏爱的山村

太阳的光辉照耀到一个叫骆驼巷的村庄时，那里的坡地陡凹，房前屋后和七扭八歪的路面上，依然有薄雪或覆盖或点缀。在进入“三九”后，那种“三九四九冻破砖”的说法不再如人们想象中那般寒冷。

驻足，是因为牵挂的人太多

骆驼巷村有500多户2000多人，在西海固地区也算是个比较大的村子，七个自然村中汉族居多回族较少。这个村子苦难的历史很久远，但是自从14年前村里来了一个女博士后，这里的一切似乎在悄悄地发生着变化。一些人家破败不堪的房子变新了，羊肠小道被硬化成了水泥路面，凄苦的脸上开始有了笑容，满是褶皱的心缓慢地舒展开了。往往这个时候，他（她）们总是念叨一个人。2017年1月12日，这个被老百姓念叨的人又悄无声息地来了，还有随这个被念叨的人一同来的好多人，带着毯子、被子、帽子和围巾，踩着雪，走进了寒冷中的人家。

梁双全、宋天明、王登银、安俊文、何占库、夏义成、张克俊、马忠诚和马小平，这些人都患有程度不同的残疾。先天缺陷和后天的悲惨命运使他们自小或者是半途就失去了生活的希望，然而，当看见一束光亮透过玻璃窗照射进屋子的时候，当听见脚步声从大门外传来的时候，当常年躺在炕上望着墙壁上的旧画流泪的时候，他们意识到生命以一种悲惨的形式在凄凉的世界里凝固。尽管衣不蔽体、食不果腹的历史已经画上了句号，但是一颗渴求被关注的心始终在静静地等待着春天般的温暖……他们从爱心人士手中接过毯子、被子、帽子、围巾的瞬间，透露出的意外喜悦之情深深地镌刻在失去光华的脸上，也许，一条毯子一床被、一顶帽子一条围巾并不能解决他们生活的全部困难，但是一份慰问品犹如一束阳光，可以温暖他们饱经风霜的心灵。

山里人不善言谈，尤其日子过得不如别人的人更是少言寡语，但是有一个受助于日本东京笈友会实现了上学梦的小姑娘——王万能却与众不同，她和她们全家与笈友会代表照相时用双手做了一个“心”形。被笔者忽略了的这一幕，后来在整理照片时发现了。她瘦小憨厚，戴着眼镜，脸上洋溢着笑容，她自从在爱的氛围中成长为一名宝鸡三和专修学院的学生的时候起，深知爱的味道和力量对于她人生的起步是多么的重要！还有一个因贫穷娶不起媳妇、胡子拉碴、不修边幅的中年男子——安俊文，他的哥哥安俊奎因贫穷娶了一个不太利落的女子为妻，并生有两儿一女，安俊奎在2014年去世以前就瘫痪了七八年。之后，作为弟弟的安俊文勇敢地承担起照顾嫂子和侄子、侄女的责任，并以夫妻名义与嫂子艰难度日。这种叔嫂夫妻并使其哥哥原有家庭保持稳定的情况，在西海固地区的一些人家并不鲜见，按当地人说就是“苦瓜接到苦蔓上了”，可谓同病相怜，相依为命。安俊文与其他受助的人一样，深情地望着离开家的爱心人士，眼里饱含泪花，却忘记了说“谢谢”，挥手的姿态像是一尊经历风雨剥蚀的雕塑定格在那里，令人沉思。

守望，一个学者找回了尊严

低调、严谨、有魄力的林燕平博士，并不因日本东京大学博士、中国社会科学院研究员的光环而紧闭向中国最底层探索的双眼。作为一个学者，她回国后随“中国博士服务团”到宁夏社会科学院挂职期间，偶然的机遇使她第一次走进了中国西北一个回汉杂居的村子——固原市原州区张易镇骆驼巷村。2003年，她耳闻目睹了骆驼巷村的过去和现在，震撼之余陷入深深的反思之中：书本上的文字和数字与现实社会中的文字和数字真是同一个符号吗？“新中国成立50多年来，从来没有一个京城人走近我们，更没有像你这样挨家挨户地倾听我们农民讲述生活。”时任支书的一番话，让她刻骨铭心！

她感叹社科人离现实的国民生活太远，离基层社会太远，离不唯书、不唯上、只为实的精神太远。如果起初只是为了一个国家社科基金课题而奔忙于骆驼巷村，是情理之中的事情，那么后来她历经磨难、砥砺前行，先后用14年的时间跟踪研究骆驼巷村的变迁史，就不是那么轻而易举的事情了。她在《山村的守望——西海固骆驼巷村实地考察》一书中深情表白：为的就是找回一个学问人的尊严，找回中国人的诚信，遏制那种在虚假上编制虚假的不正常行为的蔓延。而且在该书中她的大胆质疑不无道理："如果一个国家百分之九十的人都敢于说真话，那百分之十讲假话的人就不得不学着说真话。如果一个国家百分之九十的人都不敢讲真话，特别是百分之九十的社会科学工作者也不敢求真务实的话，那我们国家就很难有什么真知灼见了。"

时光荏苒，岁月无情。一晃十几年过去了，为了走近真实，感悟真实，她义无反顾地离开了北京舒适的生活，视乡村为家，以大山为邻，进百家门，吃农家饭，体民情，察民意，走村串户，一路风尘仆仆，两脚泥土芬芳。好多亲朋好友不理解她对骆驼巷村一如既往的守望，但是她自己写的一首动情的诗句却道出了她内心的真谛："西海固，都说你是天下最穷的地方/住的是窑洞睡的是土炕/在我心里你是我依恋的亲娘/那温暖的胸膛，那湿漉漉的目光/西海固，都说你是天下最穷的地方/喝的是窖水吃的是馍馍/在我的眼里你是我眷恋的家乡/那热乎乎的洋芋，那香喷喷的面汤/西海固，都说你是天下最穷的地方/走的是黄土路穿的是旧衣裳/在我的梦里你是寂静飘香的天堂/那蓝盈盈的天空，那金灿灿的麦浪"。

善心，是不需要唤醒的道德

骆驼巷村，这个正在变化中的村庄，因为一个学者的守望，感动了那么多的人你来我往。宁夏回族自治区政府原主席刘慧将骆驼巷村作为她的联系点，曾多次前去视察调研，使那里的泥泞小径硬化成了水泥路面，大部分农户的房子旧貌换新颜。央视记者先后前往跟踪采访，一时间，骆驼巷村“名扬天下”。2017年1月12日，林博士日本大学留学时期的学弟杨森林联手中国汽车卫视汽车之家、吴忠市户外活动协会、卡沃俱乐部、丰鼎源商贸有限公司和通联支付的张强、王晓煜、季燕、杨春燕等长期致力于关爱孤寡老人、留守儿童、伤残病人的爱心人士，满载着满含他们心意的各种慰问品，走进农家院落，感知山区农民特别是“特困户”的生活，希望乡亲们在寒夜里有棉被可以御寒，寒风来袭时有暖融融的帽子可以驱寒。他们的脚步停留在那里，那里心酸的故事便有了感人的插曲，故事的主人公或泪眼婆娑地望着陌生人或抓住你的手不停摇动……总之，习惯了和困难作斗争的人们，并不因家庭的不幸而垂头丧气，并不因先天的缺陷而失去生活的信心，他们该怎样生活就怎样生活，不像一些城里人那么娇气，一遇到困难就闷闷不乐。骆驼巷的农民——黄土地的耕耘者中的一些人之所以变成了“特困户”，各有各的难处。如果投去一束关爱的目光，或许就能暖流涌动；如果伸出手去拉一把，或许从此就能站立起来。

骆驼巷村的樊庄、刘庄、阳洼到驼巷自然村的人家，由远及近错落分布在山坡坡上、山窝窝里，或处在阴洼冷飕飕，或坐落阳洼暖洋洋。村庄里偶尔有流浪的小狗，在雪地里不紧不慢地晃来晃去，没有具体的目标，见了陌生人也没反应，即便是看家护院的大个头黑狗，也没有发出有力的叫声。这年头农民家豢养的狗似乎忘记了自己的职责，不知道自己是干什么的，给主人连个提示都没有。只有车辆行进的声音仿佛打破了那里的宁静。漫不经心的土黄鸡踱着方步，这儿一点头，那儿一昂首，在阳光下的院子里悠闲自在，很有归属感，爱心人士的到来也没有惊起它扇动的翅膀。这一切并没有引起爱心人士的注意，他们所关心的就是尽快见到它们的主人家。人在专心做一件事的时候，时间过得比平时要快得多。他们从几百公里外的吴忠赶至骆驼巷村时，太阳已当头了。东家进来西家出去，转眼到了下午四点多了。因为要返回去，所以每到一家逗留的时间并不是很长，但眼见每家的景象不同寻常，却给爱心人士留下了永久的记忆。那些特困户先天的不幸和后天的遭遇是既成事实，但是树立接纳、战胜不幸现实的信心和勇气，才是改变自己的根本出路，更是爱心人士所期盼的。

天有不测风云，人有旦夕祸福。那些真正被困难捆住了手脚的人不仅需要温暖的阳光，更需要“解绳”的办法；不仅需要同情的眼泪，更需要扶上马的耐心。一两次的爱心助力或许不是长久之计，但如果有一种切实可行的制度作为保障，生活在蓝天白云下小山村的他们依然阳光灿烂。

〔2017年1月19日〕

附诗作一首

一群风尘仆仆的人
踩着雪花覆盖着的黄土地
和一些神情凝重的农民相遇了
那一刻，陌生的脚步中有个熟悉的身影

老百姓质朴的感情世界里
总是记着对他的好
并化作骄傲的谈资流传在乡间
像雨露，又像是甘甜在心中荡漾

驼巷村的历史上
从没有一个京城的人走近他们
然而，十四年的守望
让他们见证了一位卓越的女性
无论春夏秋冬还是雪雨冰霜
她，勤快的脚步走出了坚强与自信

了解真实感知真实
樊庄的陡坡上有她喘息的停留
刘庄的小道旁有她攀谈的朗朗笑声
既有阴阳洼的冷暖相知
又有小庄的真情告白
骆驼巷子里疾病纠缠的呻吟啊
刺痛了天地良心

她，山村的守望者
一如一面飘扬的旗帜
引领人们向着她放心不下的地方
开启善意的行动

不能说络绎不绝
起码是你来我往
只为和农民兄弟姐妹在一起
求得一份心灵的宁静和不需要唤醒的道德

油画：绝处逢生

淹没了坎坷路面的皑皑白雪，在阳光的簇拥下熠熠生辉，山冈上呼啸的北风疯狂地肆虐着芨芨草，残垣断壁已经破败地失去了往日的尊严。

在这个寒冷的冬天一切都哆嗦着，沉吟着……

一只饥饿的兔子奔跑在觅食的路上，还没有寻觅到可口的食料，它已成为雄鹰理想的目标，没有意识到危险降临的这么快的兔子，已经习惯了和危险斗争，只是这次的出行出乎它的意料，尽管如此，为了生存它没有放慢脚步。

而此时此刻，那只张开硕大翅膀的雄鹰已经没有足够的耐心在高空盘旋了，它侦查了很久才意外地发现了与它一样饥饿的兔子。雄鹰急不可耐地从天空俯冲下来，相比有一场恶斗，不如此何以展翅高飞。

自然界充满了血腥，不是你死就是我亡，仁慈是没有出路的。

后记

诗化文山千里雪，花开书海浪滔天

说起写诗填词，那是很久的事情了。

记得在海原中学上初中的时候，我的语文老师刘华先生，在我们初三即将要毕业的时候，给同学们写了一首《致年轻的同学们》的诗。他不辞辛苦，用当时比较先进的刻版印刷技术，一笔一画，精心刻制，蜡纸油印，分发给每一位同学，至今我还保存着这首诗，尽管纸张已经发黄，但拿出来看看，依然是十分亲切，原因是它对我的影响是刻骨铭心的。这首诗对我一生喜欢诗歌和着手写作起到了非常重要的作用，以至在上高中和大学时，我把别人验算数理化试题和花前月下的时间，用于专心阅读诗歌、小说，包括一些名人传记。大量的阅读增强了我对美好未来的憧憬，并以日记的形式开启了我人生有文字记载的历史。

真正意义上的写作，还是工作以后的事，即20世纪90年代。那些年，每逢县上或是行署有综合性工作需要下乡，我是不容置疑的“合适”人选，如“社会主义思想教育”“严打整治”“千人下乡”“三讲教育”等等。我从事公安工作的前十年几乎都与这些工作关联，我没有怨言，觉得从16岁离开农村去外地读书，再没有机会与农村亲密接触，再说农民的儿子，本该就与农民打交道，在我看来是天经地义的事情。甘城、七营、黄铎堡、兴平、红庄、中河、开城等乡镇的村庄里，有我驻足凝视的身影，有我风尘仆仆的脚步，更有我在热炕头上与农民零距离对话。放下“干部”的架子，俯下“领导”的身子，便能熟知农民脸上的皱纹，捋顺农民心中的疙瘩；那种西装革履一尘不染、高高在上“官气”十足的“二杆子”形象，农民们是不屑一顾的。这些都是我在“同吃、同住、同劳动”的乡下工作期间感知到的，现在的“精准扶贫”工作是否还是过去的做法，我不得而知。话说回来，身上不带点炕烟味，你是无法走进农民内心的。这些经历让我深深感觉到靠双手改变自己命运的农民，不论生活得多么捉襟见肘，爽朗的笑声给我前行的力量，他们质朴、厚道、勤劳、热情的品质，感染了我的农民情怀。从那时起，我就琢磨着如何表述他们的生活和自己的内心感受，我继续着学生时代记日记的习惯。与最真切的乡村生活联系起来的工作，也让我着实体会到了别样的快乐。记得在甘城乡双井村下乡搞“社教”时，有一天，夏收的黄昏渐渐来临，收工的农民和他们的孩子们吆喝着牲口，从田间地埂、羊肠小道，满心欢喜地哼着小曲赶往各自家中，袅袅的炊烟很快从农家的烟囱里冒了出来，在空中盘旋着，这一幕进入了我的日记本后，我开始向平仄人生迈步。

在写作的经历中，我得到许多老师和朋友的帮助，这一点让我终生难忘。央视《百家讲坛》栏目中一个教授曾经说，一个成功的人必须具备的三个要素：自己努力、贵人相助、高人指点。尽管还没有达到我希望的境界，但是，在这里我必须要对这些帮助过我的高贵之人不惜笔墨多说点，一并表示衷心感谢。

大概是1979年前后的一个夏天，我因患疾病休学在家，为了打发寂寞时光，读了一本小说。我家在海原县城外五公里处的一个叫河沿子的地方，说是家，其实全是土墙、土房和窑洞。高约两米的土墙体，方正地围着不到一亩大的院子，南墙上掏挖出一个能进出架子车的洞，也算是“大门”了，北面有几间用胡墼和杨木椽垒搭起来的房子，已经陈旧得快要掉皮了，房子的右前墙角落处，是箍的窑洞，平时用来装农具和烧炕的干驴粪、牛粪及烧火做饭的杂草柴棍。我就在这个窑洞上面铺一块麻袋，或坐着或躺着，如饥似渴地在一周之内读完了一本反映当年新四军烈士孤儿在抗战期间学习生活的书，书名叫《红孩子》。故事的主人公大都与我年龄相仿，他们在经历了战争创伤和失去父母亲的痛苦之后，依然乐观地转战奔波，做力所能及的抗日宣传工作。从那时开始，我就开始梦想将来长大了要写点什么，等初三毕业时看到刘华老师的诗，强化了我写作的念头。三十多年前的事历历在目，三十年后，读了刘老师的诗集《山风诗梦》，给老师写了一首《菩萨蛮·刘华先生及其〈山风诗梦〉》词，虽不才，但也算是对老师的辛勤教育的一种回报吧。

我时常想，人的一生就像山里的泉水，泛出来后，就顺着一定的线路向前行进，但永远不会停留在始发地，其过程或许充满了坎坎坷坷，起起伏伏，跌跌荡荡，但过程的美丽给人惬意的感觉，总是那么耐人寻味。2004年，我因一首诗而获奖，正高兴时，便拿去叫张嵩老师看，他却改了好些字，而且直指要害，于是我陷入了沉思，那篇获奖作品不是一些专家评委在全国三十万种作品中筛选出来的吗？怎么会有那么多的错误？改好后，他微笑的眼神似乎欲言又止，我疑惑了，当然我不是个愚钝的人，我明白其中含义。从此与他的来往渐渐多了起来，但是这种交往不是别人说的吃吃喝喝，而是写作上的交流，准确地说是请教。当然，张嵩老师是不会接受“请教”二字的，他谦虚而不虚美，为人低调而不恃才傲物，和善待人而不居高临下。因为我知道，当时在固原，张嵩老师被称为固原市委的“一支笔”，还有人说他是“固原的余秋雨”，这些溢美之词他是万万不会接纳的，不过我见证了张老师看书过目不忘的本事。后来宁夏诗人单永珍、杨建虎，倒是建议我写古诗词多与张嵩老师交流，这就有了后来我与张嵩老师自改诗事件后的“诗人兴会”。

现在是个信息化的时代。人们交往沟通的程度和范围已经不是落后封闭的过去所能比拟的，当人们怡然自得地坐在电脑前旁敲侧击的时候，驱使鼠标就能在无垠的时空遨游。电脑技术颠覆了传统的人际互动，带来了全新的天地。正是在这样的氛围和背景中，我在网络世界里结识了一位博览群书、多才多艺的老先生，他叫胡则丘，是一位学者、一位作家，也是一位诗人。他对于屈原的研究具有划时代的意义，受到海内外学术界和文学界的重视。已八十岁高龄的他，依然笔耕不辍，在湖南桃花江畔执着地主编着全球汉诗总会的《寰球诗声》杂志。我们是忘年交“网友”，几年前的一个夏天，我听说他要借八十大寿之机搞一个活动。我想表示一下心情，于是做了“青松傲立高峰处，会当春秋八十年。诗化文山千里雪，花开书海浪滔天”的诗，并央请固原书法家王隽儒老先生执笔书写，并叫其女装裱后寄给了胡老，他收到后甚喜，我感到甚慰。其中后两句，是对胡老取得成就的评价，也是我倾力奋斗的目标，古人不是说“志当存高远”嘛！这也就是我喜欢上了他并为什么以此为本文题目的原因。几年来，虽然没有与胡老谋过面，但是借助网络，我们的联系一直没有中断过。正是因为胡老博大的胸怀，将我这个被西北的风雨剥蚀过的人，介绍到江南诗坛，秉承“中庸、互动、共进”的学风，我发表了不少反映西北风土人情和自然景观的作品，同时也得到了他无私的“调教”。时光荏苒，岁月蹉跎，转眼到了2013年，有一天他来信说“因小病住院50天后，要急着赶稿子”。他不顾年迈，无怨无悔、乐观而充满激情地倾心编辑诗稿，其精神感染着海内外华人，我由衷感谢并深深祝福他。其后他去世了，令我很是心酸。

人生的道路是短暂的，但决定人命运的就那么几步路，在孜孜以求于文学追求的路上，有一个默默无闻的人，我是不能忘怀的。他名不见经传，也没有高的学历，但却读了大量的书，医学、文学，是他经常涉略的领域，尤其对于徐志摩的诗出口能背诵，对单永珍诗的大气磅礴和老到的奔跑的文字大加赞赏。他就是固原传输局的黑正福先生，一个在我工作上给予无私帮助的人。那是二十年前我在乡下工作的时候，我那个被边缘化了的单位没有交通工具，是他的摩托车，让我避免了繁重的工作任务带给我的尴尬境地。他的工作区域包括我的工作领地，因此他经常路过我单位进来歇歇脚，我就趁机骑上他的摩托车去村队给老百姓办理急切的事情。有时候，他和我一同去，协助我，这样几年下来，我都不知道费了他多少汽油，耽误了他多少时间！我为此一直心存内疚。后来他因颈椎病在西安做了手术，花了好些钱，一个人工作，家属也有病，两个孩子要上学，真够难为他了。由于费用的问题，手术只做了一部分，至今病魔还在折磨着他。我心有余而力不足，只能默默地祝福他了。这个世界上，一部分人是物质财富的拥有者却又是精神财富的贫穷者，另一部分人虽是物质财富的贫穷者反而是精神财富的富有者，黑正福先生就属于后者。他不仅在工作上给予我很大支持，而且他还在我和文学打交道的过程中起到了推波助澜的作用。在我感到很疲惫的一年春天，我突然收到他发来的短信，其内容是一首词牌为“菩萨蛮”的词作。我刹那间惊讶于内容的新奇，于是询问并与他讨论填词的事，引起我极大的兴趣。在此之前我一直热衷于五言七律，却没有很好的注意填词的事情。从此我一发不可收拾，沉浸到词的钻研之中去了，而且着手写作，不久就见诸报端和杂志。从最初的幼稚可笑到后来的渐趋成熟，基本顺利地解决了词作的格律问题，进而全面修改直至成型。这个过程持续了好多年，现在呈现的东西应该是接近于规范的，至少是我感到比较满意的。有些已经发表的作品，我还在修改，希望日臻完善。说到这些无不与他的那首“菩萨蛮”相关联。这些年，我写的好多东西里面都有他的影子，《清平乐·月亮山》就是我与他共同亲临月亮山并感受、思考的结晶。近些年又跟他学习摄影，西海固的土地上到处留下了我们跋山涉水的足迹。

或许人们都曾有过被狭隘、自私、无视、冷漠的态度所困扰的无所适从的经历，然而一旦从包容、理解、尊重、关注的立场出发，一切都会变得阳光灿烂。“像你希望别人如何对待你那样去对待别人。”这句名言正是从人的心理需求的角度回答了改变观念对人生的重大意义。事实上，在我写作生涯中，得到了许多人的帮助，犹如我希望的那样自然而然，对此我时常心存感激之情。除了上面提到的老师和朋友之外，还有些至亲至敬的人如果不提及，于心不安。在浓缩这段历史时，我颇感欣慰；在聚焦这个时刻时，我满怀喜悦。

回想我的生活，女儿田雅妮、田雅晨成长过程中的一些烦恼和快乐一直是我关心的事情。在这一点上我和其他的父亲没有什么两样，使她们感受到爸爸做人做事的人生态度极为重要。她们的成长牵动着我的心，一些花絮或者是一点小事情往往成为我写作的素材，这对她们是一种纪念，也是我们父女的心理共鸣。无论风雨如何变化，给孩子留点温馨的话语总是有益处的。在此我也感谢我的两个女儿，她们给了我快乐，也使我有永远的牵挂。以此书为节点，我的人生将进入另外的一个阶段，我也希望两个女儿在人生的各个节点上走好每一步。

对于集子以什么样的面貌出现以及怎样的方式出版，像我期望的那样，得到了作家单永珍、郭生有，书法家仇建国，摄影师马明葆等人的很好建议。尤其兰书臣将军听到我要出书的事情后专门从北京寄来了题写的书名，让我甚是感动。这个博学多才、治学严谨、谦虚低调的老人给我留下的印象是深刻而久远的，在此向兰将军并夫人表示深深的祝福。还有大侄子田永葆率领“晚辈亲友团队”解囊相助，大哥田云、二哥田昇、弟弟田野、妹妹田兴梅给予积极关注，这一切都是对我莫大的鼓励。原州区文联和《原州》杂志的鼎力扶持，在此一并表示深深感谢。至于人们的目光在多大程度上能捕捉到本集子以及如何评说，我想借用青海诗人方文永的话说：“作品自会以自身的存在接受读者与时光的删汰，也让我在慢下来的时光里静静地回味。”

在表达心情和叙述与文学亲近的时刻，我被我自己感动着。回顾过去，我不能说我从事的职业是一个诗情画意的职业，也不能说我走过的路是一段鸟语花香的路，然而，把自己训练成一个什么样的人完全在于自己，激情燃烧的岁月并没有结束。站在家乡的土地上遥望辽阔的天空，我想，贫瘠不等于贫穷，苦难不等于难过，只因为心中有个美好的梦想与西海固紧密相连。

2017年5月5日